A caixa

Günter Grass

A caixa
Histórias da câmara escura

Tradução de
MARCELO BACKES

1ª edição

EDITORA RECORD
RIO DE JANEIRO • SÃO PAULO
2013

CIP-BRASIL. CATALOGAÇÃO NA FONTE
SINDICATO NACIONAL DOS EDITORES DE LIVROS, RJ

G796c Grass, Günter, 1927-
A caixa / Günter Grass; tradução de Marcelo Backes. – Rio de Janeiro:
Record, 2013.
Tradução de: Die Box
ISBN 978-85-01-09285-4

1. Romance alemão. I. Backes, Marcelo, 1973-. II. Título.

12-0861

CDD: 833.6
CDU: 821.112.2-3

Título original em alemão:
DIE BOX

A tradução deste livro contou com o subsídio do Instituto Goethe, que é financiado pelo Ministério Alemão das Relações Exteriores.

© Copyright Steidl Verlag, Göttingen

Texto revisado segundo o novo Acordo Ortográfico da Língua Portuguesa.

Todos os direitos reservados. Proibida a reprodução, no todo ou em parte, através de quaisquer meios. Os direitos morais do autor foram assegurados.

Direitos exclusivos de publicação em língua portuguesa somente para o Brasil adquiridos pela
EDITORA RECORD LTDA.
Rua Argentina, 171 – Rio de Janeiro, RJ – 20921-380 – Tel.: 2585-2000,
que se reserva a propriedade literária desta tradução.

Impresso no Brasil

ISBN 978-85-01-09285-4

Seja um leitor preferencial Record.
Cadastre-se e receba informações sobre nossos lançamentos e nossas promoções.

EDITORA AFILIADA

Atendimento e venda direta ao leitor:
mdireto@record.com.br ou (21) 2585-2002.

À memória de Maria Rama

Sumário

O que restou	9
Sem flash	32
Uma maravilha e tanto	53
Choldraboldra	75
Diz qual é o teu desejo	99
De um ponto de vista retroativo	123
Instantâneos	148
Coisa torta	171
Lá de cima, do céu	194
Glossário	215
Sobre o tradutor	221

O que restou

Era uma vez um pai que, por ter envelhecido, chamou seus filhos e filhas — quatro, cinco, seis, oito ao todo — até que estes, depois de hesitar por um bom tempo, acabaram atendendo a seu desejo. Eis que agora eles estão sentados em torno de uma mesa e logo começam a conversar: cada um consigo mesmo, todos em confusão, embora seguindo o plano do pai e de acordo com suas palavras, mas de modo obstinadamente egoísta e, apesar de todo o amor, sem a menor intenção de poupá-lo. Mas por enquanto eles ainda estão se ocupando da questão: quem irá começar?

Primeiro vieram os gêmeos bivitelinos, que aqui se chamarão Patrick e Georg, ou simplesmente Pat e Jorsch, embora na realidade tenham outro nome. Em seguida, os pais se alegraram com a chegada de uma menina, que de ora em diante se chamará Lara. Todos os três filhos enriqueceram nosso mundo superpovoado antes de a pílula poder ser adquirida, de a prevenção se tornar regra e as famílias passarem a ser planejadas. E, assim — e como que presenteado pelo humor do acaso —, mais um logo veio fazer parte da lista, um que na verdade deverá atender pelo nome de Thadäus, mas que é chamado de Taddel por todos os que estão reunidos em torno da mesa: "Para com essas besteiras, Taddel!" ... "Não fica remexendo nos cadarços do teu sapato, Taddel!"... "Vamos, Taddel, apresenta para nós tua versão de Rudi Ratlos de novo..."

Ainda que adultos, todos com profissão e exigências familiares, filhas e filhos falam como se quisessem voltar para a infância através da língua, como se o que apenas se mostra em esboços ainda assim pudesse se tornar palpável e ser agarrado, como se o tempo não pudesse passar, como se a infância jamais se acabasse.

Da mesa, são possíveis olhares distraídos para o lado da janela: paisagem montanhosa de ambos os lados do canal entre o Elba e o Trave, bordejado por antigos álamos que, declarados pouco nativos por uma resolução oficial, serão derrubados em breve.

Numa terrina grande o ensopado fumega, um prato à base de lentilhas, que o pai cozinhou junto com as costeletas de carneiro em fogo baixo, para ao final temperar tudo com manjerona, convidando os filhos a comer. Sempre foi assim: papai gosta de cozinhar para muitos. Ele chama sua propensão à variedade épica de cuidado. Com uma concha na medida, ele enche prato após prato, e a cada vez proclama uma de suas sentenças, por exemplo: "Já na Bíblia, Esaú vendeu sua primogenitura por um prato de lentilhas." Depois da refeição, ele vai se retirar, para desaparecer, recolhendo-se em sua oficina, ou para sentar ao lado de sua mulher no banco do jardim.

Lá fora é primavera. Dentro, a calefação ainda aquece. Depois que as lentilhas terminam, os irmãos podem escolher entre cerveja de garrafa e suco de maçã naturalmente enturvado. Lara trouxe fotos que tenta colocar em ordem. Ainda falta algo: Georg, que é chamado de Jorsch e, por sua profissão, responsável por esse tipo de assunto, ajeita os microfones de mesa — porque o pai considera a técnica de som necessária —, pede que todos façam um teste, e por fim se dá por satisfeito. De agora em diante são os filhos que têm a palavra.

*

Começa, Pat! És o mais velho.

Chegaste dez minutos antes de Jorsch.

Pois bem, vamos lá! Durante muito tempo fomos apenas nós. Quatro teriam sido suficientes, por mim, já que ninguém perguntou se tínhamos vontade de ser mais do que dois, três, depois quatro. Nós, os gêmeos, considerávamos — ora um, ora outro — que nosso número era demasiado alto.

E tu, Lara, mais tarde não desejaste nada com tanta urgência quanto um cachorrinho, e com certeza terias gostado de ser a última filha.

E inclusive continuei sendo durante anos, ainda que às vezes, além de um cachorro, tenha desejado também uma irmãzinha. E foi isso que acabou acontecendo, porque entre nossa mamã e nosso paizinho mal continuava acontecendo alguma coisa e — é o que suponho — ele queria outra mulher, assim como ela também acabou encontrando outro homem.

E, uma vez que ele e sua nova mulher desejavam ter algo em comum, e os dois achavam que podiam dispensar a pílula, tu acabaste vindo, mais uma menina, que na verdade se chama como a mãe de papai, e agora quer — inclusive por seu próprio desejo — participar da conversa com o nome de Lena.

Não, não tem pressa. Primeiro é a vez de vocês. Posso esperar. Aprendi a fazê-lo. Minha entrada em cena ficará para mais tarde.

Então Pat e Jorsch estavam com quase 16 anos, eu com 13 e Taddel mais ou menos 9, quando tivemos de nos acostumar com uma irmãzinha.

E com tua mamã também, que além disso trouxe outros filhos consigo, duas filhas, na verdade.

Mas uma vez que nosso paizinho não era capaz de ficar quieto, fugiu de sua nova mulher, e depois disso não sabia mais para onde ir com o livro que apenas começara, e acabou se alojando com ele ora aqui, ora ali, sempre datilografando em sua Olivetti.

Sendo que, durante a procura, mais uma mulher lhe deu uma menina...

Nossa queridíssima Nana.

Que nós lamentavelmente só chegamos a ver mais tarde, bem mais tarde.

Princesinha, a mais nova entre as filhas do rei...

Podem zombar! Mas agora, em troca do meu verdadeiro nome, querem me dar o nome da boneca sobre cujo dia a dia papai no passado escreveu um longo poema em versos infantis, que começa exatamente assim...

De qualquer modo ficaste sendo a mais nova. E papai logo em seguida encontrou enfim sua paz com outra mulher. Ela trouxe consigo dois rapazes que eram mais jovens do que Taddel e que agora — inventados livremente por mim e Pat — deverão se chamar Jasper e Paul.

Vocês não querem perguntar primeiro se os dois consideram esses nomes adequados?

Não tem problema, pode ser.

Ficamos com nomes bem diferentes, ora...

... como aliás vocês também.

Vocês eram mais velhos do que Lena e bem mais velhos do que Nana, mas passaram a fazer parte da família como não podia deixar de ser, de modo que a partir de então éramos oito filhos que, por exemplo aqui, olhem só para essas fotos — eu as trouxe exclusivamente por causa disso —, podem ser vistos individualmente, depois formando diferentes grupos sempre parciais, e aqui, e isso foi bem mais tarde, podem ser vistos todos juntos, inclusive...

... como nós crescemos e crescemos, aqui eu, ali Jorsch, ora de cabelos curtos, ora de cabelos longos, nesta foto aqui fazendo caretas...

... ou eu fazendo um show, todo entediado.

Nessa daqui, Lara está fazendo carinhos em seu porquinho-da-índia...

E ali Taddel está de cadarços desamarrados, escarrapachado na frente de casa...

Ou aqui Lena, de olhos tristes.

Aposto que algo assim pode ser visto em todos os álbuns de fotografia, guardados por aí em quase todas as famílias. São instantâneos, nada mais do que isso.

Pode ser, Taddel. Mas lamentavelmente muitas fotos, que, como vocês sabem, com certeza estão longe de ser tomadas por instantâneos normais, acabaram perdidas, uma pena, porque...

Por exemplo aquela com o cachorro de Lara.

Ou todas aquelas fotografias nas quais, como muitas vezes desejei, fiquei sentado entre papai e mamãe num carrossel e voamos pelos ares... Como era bonito... Ah...

Ou a foto com o anjo da guarda de Taddel.

Ou a série com Paulchen de muletas...

Uma coisa é certa: as normais e as que acabaram perdidas foram feitas pela velha Marie, porque ela, só ela...

Ora, sobre Mariechen quem vai falar sou eu. Começou como uma fábula, mais ou menos assim: era uma vez uma fotógrafa, que por alguns era chamada de velha Marie, por Taddel de véia Marie às vezes e por mim de Mariechen. Ela pertenceu desde o princípio a nossa família, composta por tantas peças. Mariechen estava sempre presente, primeiro conosco na cidade, depois com vocês no campo, e às vezes aqui, às vezes acolá durante as férias, porque ela — assim eram as coisas — era ligada a papai como um carrapato, e talvez até...

Mas também era ligada a nós, porque quando desejávamos alguma coisa...

É o que estou dizendo: desde o começo, quando éramos dois, depois três, depois quatro, ela nos fotografava, posando ou ao natural, quando papai dizia: "Bata uma foto, Mariechen!"

E quando estava de mau humor — e olha que ela podia se mostrar bem mal-humorada, às vezes — ela dizia de si mesma: "Ora, eu não passo da Mariechen-Bata-uma-Foto-Aí de vocês!"

Que no entanto não bateu fotos apenas de nós, os filhos. Ela também fotografou as mulheres de papai, uma após a outra: primeiro nossa mamã, que em todas as fotos parece que sairá dançando balé a qualquer momento, depois a mãe de Lena, que sempre olha como se estivesse machucada, depois a próxima, a mamã de Nana, que em quase todas as fotos ri de sei lá o quê, e então ainda a última das quatro mulheres, a mãe de Jasper e Paulchen, cujos cabelos encaracolados muitas vezes são tocados pelo vento...

E com a qual nosso papaizinho enfim encontrou sua paz.

Mas mesmo que ele tenha desejado uma foto de grupo com todas as suas quatro mulheres fortes — estou de acordo com Jorsch de que uma foto de paxá assim, com ele no meio, sempre esteve bem no topo da lista de seus desejos —, Mariechen sempre as fotografou apenas individualmente. Olhem só: seguindo à risca a ordem em que apareceram.

Mas a nós ela fotografou como se tivéssemos caído de um copo de jogar dados. Por isso há tantas fotografias jogadas aí, podemos arranjá-las dessa ou daquela maneira, ainda que eu tenha de pedir a Nana para não brincar com o microfone de mesa, porque do contrário...

Mas nós devemos nos lembrar também dos instantâneos perdidos, de tudo o que Mariechen fez de nós quando desaparecia com os rolos de filme em sua câmara escura, apenas porque papai queria...

Nisso tens de ser um pouco mais preciso, Pat: ela fotografava com a Leica, e às vezes com a Hasselblad, mas os instantâneos eram feitos com a câmera que chamávamos simplesmente de caixa. Com a caixa, e apenas com a caixa, a sua câmera, é que ela procurava os motivos para papai, tentando dar conta de tudo que ele precisava para suas ideias. E essa câmera era algo especial, mas no fundo apenas uma caixa fotográfica fora de moda da Agfa, que também fornecia os rolos de filme Isocromo B2.

Fosse a Hasselblad, fosse a Leica, ou fosse a câmera da Agfa, uma delas sempre estava pendurada no pescoço.

"Todas pertenceram um dia ao meu Hans", dizia a velha Marie a qualquer um que olhasse admirado para seus aparelhos. "Mais do que isso meu Hans não precisava."

Mas apenas Pat e Jorsch sabem como era o Hans dela. Tu sempre disseste que era "um tipo taurino, cheio de corcovas na testa". E tu: "Ele tava sempre com um cigarro pendendo da boca."

Os dois tinham o ateliê na Kudamm, entre a Bleibtreu Strasse e a Uhland Strasse. Retratos de atores e bailarinas de longas pernas eram a especialidade deles. Mas também gordos diretores da Siemens, mais as esposas e seus pesados colares nos pescoços. Além disso, também as filhinhas da gente podre de tão rica dos bairros de Dahlem e Zehlendorf. Elas ficavam sentadas em roupas caras, levemente inclinadas diante de uma tela branca e sorriam ou faziam de conta que estavam sérias.

A velha Marie era responsável por tudo que dizia respeito à técnica, pela iluminação com lâmpadas especiais, e o que de resto se fazia importante: por revelar os filmes, pelas cópias, pelos pôsteres e pelos reparos cuidadosos nas fotografias, eliminando verrugas, espinhas nojentas, vincos e rugas, queixos duplos exageradamente grandes, sardas e cabelos no nariz.

Tudo em preto e branco.

A cor não existia para seu Hans.

Para ele importavam apenas os tons de cinza.

Por menores que fôssemos, ainda acredito que a ouço falar quando estava de bom humor: "Mas aprender mesmo, desde o comecinho, foi só eu que aprendi. Mesmo assim apenas meu Hans, que teve de aprender tudo sozinho, se encarregava de todas as pessoas, do jeito que elas vinham... Eu era responsável pela câmara escura. Disso o meu Hans não entendia bulhufas."

Às vezes, e como se tivesse de economizar palavras, ela contava de seus anos de aula em Allenstein.

... é uma cidadezinha na região da Masúria, na Prússia Oriental, foi o que papai nos explicou.

O nome polonês da cidadezinha agora é Olsztyn.

"Fica na pátria gelada", era o que a velha Marie sempre dizia. "Bem longe, leste adentro. Mas agora tudo se foi."

Papai e mamãe eram muito amigos de Hans e Mariechen. Bebiam muito juntos e com frequência, sempre rindo alto, na maior parte das vezes até bem tarde da noite, falando de histórias do passado, quando ainda eram mais jovens...

Hans também fez fotos de mamãe e papai diante de uma tela branca. Sempre com a Hasselblad ou com a Leica, nunca com a Câmera Fotográfica Número 54 da Agfa, que também era chamada de Caixa I e, quando começou a ser vendida, era muito procurada, até que a Agfa levou novos modelos ao mercado, por exemplo a Agfa-Especial com uma lente de menisco e...

Mas quando Hans morreu de repente, foi enterrado no cemitério florestal de Zehlendorf.

Ainda me lembro mais ou menos como foi tudo. Nenhum sacerdote podia estar presente, mas muitos pássaros cantavam.

O sol brilhava, o que nos deixou ofuscados. Eu e Jorsch estávamos parados à esquerda de mamãe, que estava parada ao lado de Mariechen. Apenas papai falou junto ao túmulo aberto de seu amigo Hans, o fotógrafo em preto e branco, ao qual havia prometido cuidar de Mariechen a partir de então, e não apenas financeiramente.

Primeiro ele falou em voz baixa, depois em voz alta...

E por fim papai enumerou todos os tipos de aguardente dos quais seu amigo Hans gostava.

Os homens, que para começar empurraram o caixão sobre rodas para fora da capela, e depois, acho, quatro deles carregaram-no até o túmulo, para depois baixá-lo com a ajuda de cordas, ficaram todos, podem acreditar nisso, com uma baita sede quando papai enumerou todas as aguardentes, fazendo uma pausa depois de cada uma delas.

Deve ter sido para lá de bacana, uma festa e tanto.

Como uma conjuração de espíritos.

Claro, foi constrangedor para nós, porque ele não queria parar com a enumeração.

O nome delas era, como era mesmo: Pflümli, Himbeergeist, Mirabell, Moselhefe ou algo assim.

Uma das aguardentes se chamava Zibärtle, lá da região onde eu moro, na Floresta Negra.

Kirschwasser também fazia parte.

Deve ter sido sei lá quando, de qualquer modo em algum momento depois da construção do muro. Nós mal tínhamos completado 5 anos. Tu, Lara, tinhas apenas 2. Com certeza não te lembras de nada.

E tu, Taddel, ainda demorarias um bocado a chegar.

Deve ter sido no outono. Havia cogumelos por toda parte. Debaixo das árvores do cemitério. Nas moitas. Atrás das lápides. Solitários ou em grupos. Papai, que sempre foi louco por cogumelos e tem certeza que conhece todas as espécies, ao voltar do enterro levou consigo tudo que considerou comestível.

Seu chapéu estava cheio, ainda me lembro.

E ainda fez uma trouxa com seu lenço.

E em casa nós comemos todos eles, com ovos mexidos.

Como "banquete fúnebre", ele deve ter dito.

Na época, quando Hans foi enterrado, nós ainda morávamos na Karlsbaderstrasse, numa verdadeira ruína, que havia sobrado da guerra.

Mas agora que Mariechen vivia completamente sozinha no gigantesco ateliê, ela não sabia mais o que fazer. Apenas quando papai a convenceu — ele é bom nisso —, é que ela começou a fazer instantâneos de coisas especiais e achados para papai, primeiro com a Leica, depois com a Hasselblad, e por fim com a câmera da Agfa, a chamada caixa, quase só com a caixa. Eram conchas que ele trazia das viagens que fazia, bonecas estragadas, pregos tortos, um muro sem reboco, caracóis, aranhas na teia, rãs esmagadas por rodas, até mesmo pombos mortos que Jorsch encontrou...

Mais tarde também peixes no mercado semanal de Friedenau...

E também cabeças de repolho pela metade...

Mas já quando vivíamos na Karlsbaderstrasse ela começou a fotografar tudo que era importante para ele.

É verdade! Tudo começou quando papai estava trabalhando no livro que fala de cães e espantalhos, que nem de longe ainda estava pronto, mas com o qual acabou enchendo os bolsos, conseguindo comprar até a casa de tijolo holandês de Friedenau...

E a velha Marie foi junto para a Niedstrasse, onde ficava a casa, para fotografar as coisas para ele...

... e nós, as crianças, enquanto crescíamos, ela também botou na frente de sua câmera, a caixa dos desejos. E para mim, só para mim, quando meu porquinho-da-índia foi ficando cada vez mais gordo...

Isso foi mais tarde, Lara. Agora eu e Jorsch é que estamos na vez, porque nós...

Ainda a vejo, como ela está em pé diante da casa meio avariada, de ombros encolhidos, com sua câmera diante da barriga, baixando a cabeça, como se estivesse se concentrando na objetiva da Agfa.

Mas sempre fotografava seguindo a inspiração do momento e, enquanto o fazia, muitas vezes olhava para outra direção.

E o corte de seus cabelos era bem estranho. Um penteado de moleque, como papai o chamava.

Parecia mais uma menina amarrotada, fina e rasa na parte da frente do corpo. E a câmera, que sempre estava pendurada ao pescoço dela e com a qual ela...

Presta atenção, Pat! Tens de ser mais exato nisso. Primeiro, concentra-te nos fatos: a câmera da Agfa, que foi chamada de caixa, já chegou ao mercado em 1930, mas não foi a primeira câmera em formato de caixa. Esta foi desenvolvida, claro, pelos americanos antes mesmo de 1900. E também não era chamada de caixa, ou de box, e sim de Brownie, e era fornecida em série pela Eastman Kodak Company. Mas já fazia o formato de fotos seis por nove, como mais tarde a Tengor da Zeiss-Ikon e a, conforme se dizia à época, "câmera do povo" da firma Eho. Mas só a caixa da Agfa é que chegou de fato a se tornar popular, quando inventou o slogan de propaganda "Quem fotografa, aproveita mais a vida..."

É o que eu ia dizer. Pois foi exatamente uma dessas câmeras que a nossa Mariechen ganhou de presente de seu tio ou de uma tia, quando ainda era uma mocinha bem jovem e começava a estudar, ou acabara de concluir seus estudos. Ela ainda morava em Allenstein...

E essa câmera da Agfa custava — eu conferi —, com dois rolos de filme isocromático e mais um manual para principiantes de acréscimo, exatamente 16 marcos imperiais.

E com uma câmera dessas ela mais tarde te fotografou e fotografou também o nosso pequeno Taddel, e te fotografou no caixote de areia enquanto enterravas os modelos de carrinhos de Jorsch na areia, e também meu porquinho-da-índia, que na época...

Mas sobretudo nós, quando fazíamos ginástica na barra fixa do pátio dos fundos...

Na barra fixa ela também fotografou nosso paizinho, que, sempre que vinha nos visitar, queria provar que ainda era capaz das mais complicadas piruetas na ginástica.

Entretanto, mais tarde quando ela, ainda que só algumas vezes, me fotografou, a Mariechen de vocês jamais aparecia de verdade. Ela sempre ficava à parte e, magra como era, parecia um tanto perdida. Parecia sozinha, não triste, na verdade, o que a princípio até teria sido compreensível, mas antes ausente. "É que eu apenas restei", ela dizia para mim, quando nos acompanhava, a meu papá, minha mãezinha e eu, quando íamos até Tegel para a Festa Popular Franco-Alemã, onde andávamos de carrossel, voando pelos ares... Ah, como era bonito, nós ali...

Exatamente, Nana! Pois da câmera da Agfa dela, que por fora parecia gasta e tinha os cantos puídos, ela dizia o mesmo: "Ela é, entre todas as coisas que Hans e eu um dia possuíamos, a única que restou, e por isso fica pendurada em mim."

Assim que perguntávamos: "Mas do que foi que tu restaste, Mariechen?", ela logo começava a falar da guerra.

Mas não sobre o que Hans vivenciara e fizera na guerra, e sim apenas sobre aquilo que foi importante para ela. "Meu Hans", ela disse a papai, "só vinha quando recebia folga do *front* ou em viagens a serviço. Provavelmente enxergasse coisas terríveis no caminho. Ora, no leste e por toda parte. Não se tem palavras para essas coisas. Ora, ora, ora."

O ateliê de fotografia dela deve ter sido em algum outro lugar na época, embora também na Kudamm, porém mais em direção a Halensee.

Papai teve de ouvir uma longa história sobre isso, e eu e Pat estávamos presentes quando ela a contou: "No final nós fomos arrancados de casa pelas bombas. Uma sorte que meu Hans estava no *front* e levara consigo a Leica e a Hasselblad. Do contrário não sobraria nada. Tudo perdido e queimado, enquanto eu me protegia no porão antibombas... O arquivo inteiro danificado. As lâmpadas eram nada mais do que sucata. Só restou minha câmera, não sei por quê. Estava um pouco carbonizada, sobretudo a caixa de couro na qual sempre ficava."

E então ela ainda disse: "Minha câmera faz fotos que não existem. E vê coisas que não estavam ali antes. Ou mostra troços que vocês não imaginariam nem em sonhos. Ela vê tudo, é onividente, a minha câmera. Deve ter acontecido com ela durante o incêndio. Ficou meio doida desde então."

Às vezes ela dizia: "Assim são as coisas, crianças, quando apenas restamos. Fica-se parado por aí e não se bate mais muito bem da bola."

Nunca sabíamos ao certo quem era que não batia mais muito bem da bola. Se era ela ou a câmera ou se eram as duas.

Só fiquei sabendo de papai o que aconteceu com a Hasselblad e com a Leica, pois ele ouviu a história umas duas vezes, acho: "Meu Hans as salvou dos horrores da guerra, porque nunca deu um tiro como soldado, só ficou como fotógrafo em toda parte, no *front*. E assim também voltou com elas. Inclusive tinha filmes não usados com ele, uma mochila cheia. E eles foram nosso capital inicial, logo depois do fim. Podíamos começar logo com eles, quando se disse: enfim chegou a paz."

No começo o querido Hans dela fotografou apenas ocupantes, na maior parte americanos, mas também um coronel inglês.

Depois teve até um general francês. Que pagou as fotos com uma garrafa de conhaque.

E certa vez também apareceram três russos. Claro! Traziam vodca com eles.

Os americanos sempre traziam cigarros.

E do inglesinho eles ganharam chá e carne enlatada.

E um dia, quando estávamos presentes, Mariechen disse: "Não, crianças, nunca fotografamos os ocupantes com a câmera da Agfa. Meu Hans só os registrou com a Leica, e às vezes com a Hasselblad. A câmera da Agfa era para ele uma recordação do passado, quando as coisas ainda eram divertidas para nós, para mim e pro meu Hans. Além disso — mas disso vocês já sabem — ela não bate muito bem da bola, a câmera." Só quando meu mano, estou me referindo a Jorsch — continuo chamando ele de mano —, não dava mole...

Mas claro, porque eu queria saber qual era...

... e perguntava: "O que quer dizer, ela não bate muito bem da bola?", é que ela prometia: "Um dia mostro a vocês o que sai quando apenas se resta, quando não se bate mais muito bem da bola e se vê coisas que não estão ou ainda não estão aí. Além disso, vocês são novos demais para essas coisas e também atrevidos demais, e ainda por cima não acreditam nem um pouquinho no que minha câmera cospe de dentro dela quando está num dia bom. Sabe sempre de tudo com antecedência, desde que sobreviveu às bombas e ao incêndio."

Quando nós íamos visitá-la com papai, os dois começavam a sussurrar assim que ela saía da câmara escura.

E ela logo nos mandava para a sacada ou nos dava rolos de filme vazios para brincarmos.

Os dois nunca diziam qual era, falavam sempre apenas em insinuações, cheios de mistério. Mesmo assim ficávamos sabendo que se tratava sempre do calhamaço de papai, no qual apareceriam um bocado de cachorros e algo como espantalhos mecânicos. Quando ficou pronto, ele tinha na capa a silhueta de uma das mãos que mais parecia uma cabeça de cachorro.

Mas para nós, quando perguntávamos pelas fotos de Marie-chen, papai se limitava sempre a dizer: "Isso ainda não é para vocês." E para mamãe ele dizia: "Provavelmente tudo tenha a ver com as origens masúrias dela. O que nossa Marie vê é bem mais do que nós, os comuns mortais, conseguimos perceber."

E só então, mas já antes de ter terminado de datilografar seu *Anos de cão*, é que tu vieste, Lara...

Foi num domingo, inclusive...

E agora vamos poder enfim ouvir a história do porquinho-da-índia...

Logo, Nana, por enquanto ainda é a nossa vez.

Nossa irmãzinha nos parecia diferente, de algum jeito.

Mesmo quando ela ainda não sabia andar, Lara só sorria, como o pai disse, "para testar".

Ainda hoje é assim.

E quando ela aprendeu a andar — não é verdade, Jorsch? — sempre ficava alguns passos à parte.

Ou tu vinhas atrás de nós, nunca à frente...

Assim que papai e mamãe queriam te pegar pela mão, sim, quando caminhávamos aos domingos de Roseneck até Grunewald, tu logo cruzavas as mãos às costas.

E só começaste a rir de verdade quando ganhaste um porquinho-da-índia, mais tarde, mas mesmo assim apenas quando teu porquinho-da-índia guinchava.

Até sabias imitar os guinchos.

Ainda sei. Queres que eu mostre?

E já que nossa Lara jamais fazia um rosto adequado para uma fotografia, a velha Marie não parava de fotografá-la.

Primeiro na Karlsbaderstrasse, depois em Friedenau, na gangorra, no jardim dos fundos, à mesa, na frente de um prato de bolo vazio...

E sempre com seu porquinho-da-índia...

Mas quando o animalzinho, que era uma fêmea, acabou no meio de outros porquinhos-da-índia dos vizinhos, entre os quais havia pelo menos um macho, a coisa aconteceu, e bem rápido...

E olha que eu queria muito isso, como eu queria. Pois quando, depois disso, ainda veio Taddel, que logo, mal sabia andar, ficou bem atrevido, e eu já estava no meio de três irmãos homens, e além disso todo mundo só dava atenção a Taddel, porque tu eras assim tããão pequenininho e tããão fofinho, e nunca tinhas culpa de nada quando alguma coisa era quebrada, fosse o que fosse — não, Taddel, agora é minha vez! —, era a velha Marie que cuidava de mim. E com sua câmera fora de moda fotografou ela para mim o meu porquinho-da-índia, que ficava cada vez mais e mais gordo. Um filme inteiro, volta e meia. E só mostrava as fotos para mim. Para vocês não. É isso mesmo, e como eu tinha de rir, bem alto mesmo. Mas ninguém — nenhum de vocês dois, e tu, Taddel, menos ainda — queria acreditar em mim, no que se podia ver em todas aquelas fotografiazinhas que a velha Marie fazia com suas artes mágicas na câmara escura. Juro que em cada uma delas podiam ser reconhecidos três pequenos e fofos porquinhos-da-índia recém-nascidos. Era bonito ver como eles mamavam na mãe. Coisas assim a câmera sabia antecipar corretamente, sim, que os filhotes seriam exatamente três. E, quando chegou o tempo, todos, e não apenas vocês dois, mas também tu, Taddel, não puderam deixar de se surpreender com o fato de a ninhada realmente ter três filhotes. Um mais fofinho do que o outro. Não, todos igualmente fofinhos. E eu escondi as fotos. E então passei a ter quatro porquinhos-da-índia. É claro que era demais. E por isso precisei dar dois dos filhotes de presente. Mas na verdade eu, já na época, e isso porque porquinhos-da-índia são bem chatos e só sabem se comportar como porquinhos-da-índia, ou seja, só sabem comer e guinchar, o que só às vezes era engraçado, eu desejava um cachorrinho. Mas todos foram contra. "Um cachorro na cidade, onde não pode correr em liberdade, de onde tiraste isso?", dizia mamã. Nosso paizinho no fundo não tinha nada contra, mas mesmo assim largou uma de suas grandes frases: "Além disso, já há cachorros suficientes em Berlim." Só a velha Marie era a favor. Por isso um dia, quando todos estavam ocupados com alguma coisa em algum outro lugar da casa, ela me fotografou debaixo da macieira e, enquanto o fazia, murmurava palavras fora de moda como bálsamo, valsa e mel de salsa. Sussurrando em seguida: "Deseja alguma coisa, Lara, minha filha, deseja alguma coisa bem bonita." E quando me mostrou as fotos alguns dias depois — foram oito — havia em cada uma das fotos — juro que havia! — um cachorrinho de pelo arrepiado, que estava sentado ora à esquerda ora à direita de mim, e saltava em minha direção, ficava em pé, lambia minha mão, dava a patinha, e beijinhos, tinha um belo de um rabinho enrolado e parecia exatamente tão mestiço quanto mais tarde, apenas alguns anos mais tarde meu Joggi. "Mas isso ficará sendo o nosso segredo da câmara escura", disse a velha Marie para mim, e em seguida ficou com todas as fotos, porque achava que "ninguém ia acreditar mesmo em nós".

Não é verdade! Na época, nós...

Só tu, Taddel, é que não, no começo.

Eu achava isso a maior besteira.

Mas depois terminaste por...

Assim como Jasper, mais tarde, que no começo também não...

... mas aí teve de acreditar, porque tudo, absolutamente tudo foi comprovado, por exemplo como tu e aquele teu camarada...

Pode ir parando com isso, Paulchen!

Mas Lena e eu, depois que chegamos, bem mais tarde, não duvidamos de nada, quando a Mariechen de vocês era capaz de realizar secretamente nossos desejos às vezes, exatamente como fazia com vocês, de modo que enfim cada uma de nós pudesse ficar junto com seu papá e muitas vezes...

OK! OK! Mas ninguém tem provas...

Acontece o mesmo comigo, Jasper. E até hoje não consigo meter na cabeça o que acreditava quando era criança e, conforme eu achava, inclusive cheguei a ver. Mas desde que minha filha, assim como eu na época, não deseja outra coisa tão ardentemente quanto um cachorrinho, eu ficaria muito feliz em ter uma câmera de atender desejos como a da velha Marie, uma que não bate muito bem da bola, enquanto ao redor tudo corre do jeito mais razoável e com as dificuldades de sempre. Mas quando meu Joggi começou a aparecer primeiro em fotos e depois de verdade...

... ele que era tudo, menos um cão de raça.

... antes um típico vira-lata.

... e além disso feio como o pecado...

... mas mesmo assim um cachorrinho todo especial. Isso todo mundo achava, até mesmo vocês, os garotos, às vezes. Vocês sempre brigavam. E além disso não podemos esquecer de ti, Taddel. Não é de admirar que eu tenha me queixado tantas vezes, porque estava espremida entre vocês. Por isso vocês me chamavam de matraquinha, só porque meu paizinho um dia teria dito, talvez para me consolar, "minha matraquinha". Mas me consolar realmente só o meu Joggi conseguia. É verdade, era um mestiço, metade lulu, metade mais alguma coisa, mas até por isso muito esperto e realmente engraçado. Joggi até conseguia me fazer rir quando botava a cabeça de lado, sorrindo um pouco. Além disso, ele era muito limpinho, e olhava sempre para a esquerda e para a direita para ver se não vinham carros quando queria atravessar a rua. E fui eu que lhe ensinei isso, para que ele se comportasse respeitando as leis do trânsito. Porque Joggi me ouvia. Só não consegui desacostumá-lo de desaparecer durante horas de vez em quando; ele "dava uma escapadinha", como vocês, os garotos, diziam. Não todos os dias, mas mais ou menos umas duas vezes por semana, ele sumia. Às vezes até domingo. E ninguém sabia onde ele estava, até que a velha Marie resolveu segui-lo. "Vamos descobrir o que ele anda aprontando, Lara!", ela disse. E quando meu Joggi retornou de uma de suas fugas, botando a cabeça de lado, se fazendo de inocente e sorrindo, ela parou na frente dele e o fotografou com sua câmera. Na maior parte das vezes em pé, às vezes de joelhos. Várias vezes seguidas. "Vou te trancar na câmara escura agora", ela gritava a cada vez que terminava o filme. E, de fato, já no dia seguinte a velha Marie me mostrou, só para mim, as revelações: séries de oito fotos pequenas, nas quais se podia ver com nitidez como meu Joggi descia a Niedstrasse correndo, depois seguia pelas escadarias da praça Friedrich Wilhelm, desaparecendo na estação do metrô, e logo em seguida voltava, primeiro sentado bem tranquilo na plataforma entre uma vovozinha e um tipo qualquer, depois saltando com o rabinho enrolado pela porta aberta de um vagão, depois ainda abanando seu rabinho entre pessoas estranhas, dando a patinha, se deixando acariciar, e nisso, juro, até sorrindo um pouco. Além disso, também dava para ver como ele desembarcava na estação do metrô da Hansaplatz, depois subindo e em seguida descendo a escada, e descansando bem tranquilo na plataforma do outro lado, olhando para a esquerda e esperando até que o metrô em direção a Steglitz viesse, no qual ele em seguida embarca de um salto para voltar. Por fim meu Joggi podia ser visto de novo na Niedstrasse. Mas não tinha a menor pressa de chegar em casa, andava ao longo das cercas, farejava todas as árvores, levantava a pata traseira. É claro que não mostrei as fotos para ninguém, muito menos para vocês, os garotos. Mas quando nosso paizinho ou minha mamã perguntavam "Onde se meteu teu Joggi? Sumiu de novo?", eu nem de longe estava louca quando dizia: "Meu Joggi gosta de andar de metrô de vez em quando. Outro dia ele mudou de trem na estação do jardim zoológico. Deve ter feito um passeio a Neukölln. Talvez ali haja uma cadela da qual ele está gostando. Ele também já andou em Tegel. Muitas vezes ele vai com baldeação até Südstern, para se divertir ao longo da Charneca das Lebres, com certeza porque há muitos cachorros por ali. Quem sabe o que meu Joggi não vivencia pelo caminho... Certamente um bocado de pequenas aventuras. É um típico cachorro de cidade, que fazer. Semana passada até se poderia ver como ele correu ao longo do muro em Kreuzberg, cada vez mais longe, como se estivesse procurando um buraco, para dar uma espiadinha do outro lado... Eu fico admirada do mesmo jeito que vocês com as coisas que ele é capaz de aprontar, apenas fugindo. Mas sempre reencontra o caminho de casa." Porém, mais uma vez ninguém quis acreditar em mim, e vocês, os garotos, menos ainda.

Conhecemos muito bem essa história...

Continua parecendo absurda.

Nosso paizinho me disse, na época: "É até bem possível que isso aconteça, quando se considera o choque que a câmera sofreu durante a guerra, quando ela, só ela restou..."

E para mim, quando andávamos de carrossel, meu papá gritava: "Vais ver, Nana, tudo vai ficar bem, mais tarde, quando nós todos..."

Nosso pai conta muita coisa!

E ninguém sabe depois quanto disso é verdade.

Mas então deixem Paulchen explicar qual era a da câmera e o que era pura invenção.

Deves ter aprendido todos os truques com ela na câmara escura.

Eras o assistente dela, pelo menos era isso que ela dizia.

E isso até o final.

Só sei dizer o seguinte: o que Marie fotografava com sua Agfa saía exatamente como ela fotografava. Não tinha truque nenhum, por mais absurdo que isso pareça.

É o que estou dizendo, exatamente como Paulchen: era a coisa mais normal do mundo o jeito como o meu Joggi andava de metrô. Na maior parte das vezes saía e ainda fazia baldeação para outras linhas. Só uma vez ele desembarcou numa estação bem próxima, a Spichernstrasse, porque queria ir atrás de uma cadelinha — acho que foi uma poodle. Mas a poodle, ao que parece, não estava nem um pouco a fim.

E Joggi ainda era capaz de um bocado de coisas: mas é o que basta, para começar. Depois que o pai riscou algumas palavras, atenuou a expressão ou a tornou mais aguda, ainda lhe ocorre isso e aquilo sobre Mariechen e a câmera que lhe restou. Quantas vezes ela ficava parada à parte, sombria. Para as coisas que ela olhava, como se fosse necessário perfurar buracos em pedras. O que podia ser ouvido dos sussurros, antes de ela desaparecer na câmara escura: encantamentos breves, frases longas que invocavam seu falecido Hans, máximas masúrias carinhosas, enfileiradas.

E ele vê imagens que se sobrepõem umas às outras bem rápido, nas quais ela está parada, os pés bem juntos, ou de cócoras, batendo uma série de fotografias distantes no tempo: desejos infantis, medos que se repetem com insistência, mas também complementações e antecipações da vida de cônjuges dos pais.

Mas disso as filhas e os filhos não querem falar, disso eles não chegaram a ver nada. Teria sido constrangedor para eles lançar olhares sobre vidros com o tamanho de um rolo de filme que a mãe, enquanto o pai olha assustado, joga contra a parede furiosa, um após o outro: cacos por trás de uma tenda de festas, logo após a dança, porque já na época, assim como muitos anos mais tarde... Assim tão onividente era a caixa.

Sem flash

Desta vez, seguindo a orientação paterna, estão sentados juntos apenas os quatro mais velhos. Em um antigo terreno de caserna, que parece ser ocupado por verdes que vivem de modo mais ou menos alternativo, e no qual Pat encontrou refúgio modesto, ele encaminhou a seus irmãos a seguinte oferta: "Vou fazer espaguete para vocês, coisa rápida, com um molho de tomates, mais queijo ralado. Tenho um vinho tinto ou o que mais vocês quiserem beber. É bem apertado aqui. Mas que importa!"

Seus dois filhos, hoje, assim como na maior parte das vezes durante a semana, estão com sua mulher, da qual ele vive separado. Jorsch, que ademais já se encontra nas proximidades com uma equipe de filmagem, gravando algo parecido com o programa "Uma clínica na Floresta Negra", no qual ele é "o responsável pelo som", tem o menor caminho até Freiburg. O mesmo acontece com Taddel, que é diretor assistente da mesma equipe. Nas garrafas que Pat bota sobre a mesa se pode ver que o vinho vem da região. Lara conseguiu se livrar de seus familiares por alguns dias. Está aliviada por ficar um tempo sem as crianças.

O espaguete foi elogiado. A mesa, em torno da qual os irmãos estão sentados e em cujo meio foi fixada uma placa de ardósia, é adequada para desenhos infantis a giz. Pat, que depois de sua época como camponês ecológico terminou um curso de marceneiro, a aplainou, encaixou e colou. Todos admiram a ordem em sua casa de anexos embutidos, na qual ele enjambrou um andar intermediário para a filha e para o filhinho, e em cuja caixa menor está enfiado seu escritório, que mais parece um arquivo privado. Nas estantes, bem próximos uns dos outros, há diários, que ele preenche há anos: "Ora, com tudo que aconteceu comigo. Como sempre tive de mudar de novo, começar algo novo..."

Lara insinua um sorriso. Ela quer se controlar um pouco mais dessa vez. E o diretor que coordena tudo a distância só pode concordar com isso. De qualquer modo, os irmãos gêmeos se esforçarão em fazer com que as histórias de sua infância avancem.

Não é verdade que tu, Lara, além de papai, foste a única a ver as fotos da câmera doida de Mariechen.

É isso mesmo, mano! Já ficamos sabendo de tudo quando estávamos com 4 ou 5 anos e tu, Lara, havias acabado de nascer.

Lamentamos, Taddel. Mas tu ainda não vais entrar no papo.

Só me lembro vagamente ou de modo apenas difuso, como se fosse através de um vidro leitoso. Mas das fotos eu me lembro muito bem, porque lá em cima, abaixo do telhado...

Nós ainda morávamos na casa da Karlsbaderstrasse na época, na qual havia inquilinos à direita da escada, abaixo de nós: uma senhora de idade com seu filho, que fazia alguma coisa importante no rádio, não me lembro mais se na RIAS ou na SFB. E embaixo, quase no porão, ficava uma lavanderia.

Mas à esquerda da escada, até em cima, no sótão, era tudo uma ruína só. Dois ou três apartamentos queimados. E abaixo do telhado danificado havia só vigamentos carbonizados, com uma placa de advertência na frente. Com certeza estava escrito "Proibido entrar!" ou algo do tipo.

Mas bem embaixo, onde nada estava queimado, um marceneiro manco acabou se arranjando. Devia ser um tipo simpático. Eu pegava com ele lascas e sobras de madeira trabalhada com a plaina em rolinhos tão longos quanto os cabelos do pessoal de 1968, quando isso virou moda, e inclusive mais tarde, entre nós, porque também nós gostávamos...

E o marceneiro manco vivia brigando com a mulher da lavanderia, que não era apenas briguenta, mas uma bruxa de verdade. Até mamãe dizia: "Ela tem um olhar malvado, crianças, tomem cuidado!"

Ainda lembro bem como a velha bruxa nos insultou quando tu botaste duas ou três pombas mortas, que encontramos bem lá em cima, no sótão, entre as bugigangas, na frente da porta da lavanderia dela. Já estavam até meio podres, com vermes por toda parte.

Imaginem uma coisa dessas — tu também, Lara —, ela até gritou que ia nos enfiar na máquina de passar roupa a quente. Os dois.

Mas nosso apartamento, que não pegara fogo durante a guerra, era bem maior do que o de Paris, onde vivemos apenas num quarto e sala, porque papai e mamãe sempre estavam sem dinheiro e eram obrigados a economizar em tudo. Mas depois disso papai podia, porque ganhou a maior bufunfa com seu *O tambor de lata*, comprar inclusive costeletas de cordeiro para nós e seus muitos convidados, e ir de táxi até a cidade, quando não lhe ocorria nada para seu livro do cão, que ele estava planejando.

Às vezes ele ia ao cinema já à tarde...

"Para me distrair", ele dizia.

Com certeza também porque precisava se distanciar de vez em quando daquilo que fazia.

De qualquer modo, nós passamos a ter até uma faxineira, que também deveria cuidar de nós quando mamãe ensinava passos difíceis de dança e se equilibrar na ponta dos pés aos filhos dos franceses ocupantes.

Não me lembro mais disso. Mas nossa casa era clara e grande. Tinha quatro quartos, um banheiro de verdade e um corredor bem longo, no qual nós...

E em cima, abaixo do telhado, na metade que não estava destruída, papai tinha seu ateliê, com uma escada dentro dele, que levava até uma galeria, como ele a chamava.

Na região em que morávamos, vários prédios haviam ficado em pé, meio queimados e mesmo assim habitados. E dizem que tu, mano, sempre dizias, quando saímos a passear em família aos domingos e em algum lugar víamos uma ruína que no passado havia sido uma mansão suntuosa cheia de colunas e torreões, "Foi Jorsch quem a destruiu", ora, porque para ti tudo, cada brinquedo novo, pouco importa se fosse um carrinho, um navio ou um avião, mal se encontrava sobre a mesa de presentes, em zero vírgula zero segundos era destruído — pah...

Claro, porque eu sempre queria saber como eles eram por dentro e descobrir seu modo de funcionar.

"Examinador de material", assim nossa mamã te chamava.

E em dado momento o Hans da velha Marie acabou morrendo, e ela, calcula, mano, era pelo menos uns dez anos mais velha do que nosso pai. Ele devia estar em meados dos 30 nessa época, mas já era tão famoso que as pessoas, quando ele ia fazer compras conosco na feira semanal, se viravam para ele e sussurravam umas com as outras.

Demorou até que nos acostumássemos a isso.

De qualquer modo, mal seu Hans morreu, a velha Marie veio com sua câmera doida para a Karlsbaderstrasse e então fotografou nossa casa primeiro de frente e por trás, depois todos os apartamentos queimados por dentro...

Sim, foi o que ela fez, porque papai queria. E foi sempre assim. Quando ele dizia. "Bata uma foto, Mariechen!", ela batia a foto. Seus desejos especiais: espinhas de peixe, ossos roídos, e sei lá o que mais...

Também me lembro disso mais tarde, assim como ela, quando nosso paizinho só fumava cachimbo, fotografa seus palitos de fósforo queimados, espalhados por toda parte...

Ela era ligada até mesmo nos farelos da borracha de apagar dele, porque em cada um dos farelos, ela disse, há um segredo.

E antes disso, ainda te lembras, Lara, eram as baganas de seus cigarros, que ele mesmo enrolava, e que, todas as baganas com uma dobradura diferente, ficavam misturadas aos palitos de fósforos queimados no cinzeiro ou em algum outro lugar...

Ela batia fotos de absolutamente tudo.

Vai ver até mesmo da merda dele, em segredo.

É o que eu digo: a mesma coisa aconteceu com a casa detonada, em torno da qual havia árvores, bem altas, provavelmente pinheiros.

Mas Taddel continua não querendo acreditar no que eu e Jorsch, quando nós dois...

... mas isso realmente aconteceu. Pois tudo o que a velha Marie fotografa com sua caixa da Agfa, mal ela revelava os rolos de filme em sua câmara escura, saía bem diferente da realidade.

No começo era até um pouco aterrorizante.

De qualquer modo não contamos a ninguém, nem a mamãe, que espiávamos o ateliê de papai em segredo... Mas não nos preocupávamos com sua bancada de trabalho diante do janelão, de onde dava para ver até bem longe, não, o que queríamos ver estava na parte de cima, na galeria, onde seus bilhetinhos ficavam pendurados em vigas, e em todos os bilhetinhos havia nomes de cães escritos com pincel atômico...

E exatamente ali ele também havia afixado, respeitando a sequência, as fotos da câmara escura de Mariechen.

O que nós podíamos ver nas ampliações era como se fosse de um outro filme. Ainda que soubéssemos qual era o aspecto real da metade estragada da casa. Embora à esquerda da escada todos os apartamentos estivessem com as portas fechadas, e todas as portas providas de trancas bem grossas, papai, que conseguira convencer o senhorio a lhe dar as chaves, permitiu que nós dois fôssemos com ele quando pediu que a velha Marie fotografasse também a parte interna da casa.

Na parte interna tudo que estava jogado em desordem ou encostado à parede não passava de tranqueira e sucata. Teias com aranhas nojentas tomavam conta do ambiente.

Buracos no teto...

A água pingava...

Tudo nos parecia bem sinistro, Pat chegou até a ficar com medo no começo. Não queria entrar nos demais ambientes daqueles sombrios apartamentos em escombros. Os pombos haviam cagado por toda parte.

E por toda parte o papel de parede pendia em fiapos enegrecidos pela fuligem, de modo que se via os jornais que no passado haviam sido colados embaixo deles quando se colocava papel novo.

Nós ainda não sabíamos ler, mas papai nos contou o que estava escrito nos jornais, ora, o que se passara antes da guerra na cidade e em outros lugares: todos contra todos. Um bocado de histórias de assassinatos e espancamentos. Ele chamava isso de batalhas de salão. "E aqui, crianças", ele disse, "está registrado o que passava no cinema. E aqui qual o governo que acabava de ser derrubado. E aqui, na manchete, está escrito que os vagabundos da direita mais uma vez mataram um político."

E isso vocês entenderam logo, espertos como vocês sempre foram?

Lógico. E papai também leu para nós que o dinheiro estava diminuindo: época de inflação.

Tens razão, Taddel. Não entendemos muito bem o que isso significava. Éramos pequenos demais.

Porém mais tarde, para mim bem mais tarde, aprendemos o que significava inflação.

Mas já no dia seguinte papai nos mostrou o lugar exato na Koenigsallee em que se passou o que podia ser lido no jornal debaixo do papel de parede esfarrapado. "Aqui", ele disse, "os vagabundos mataram Rathenau, quando estava em seu carro oficial aberto, que sempre fazia a curva aqui, andando bem devagar..."

E havia muitas outras coisas escritas nas folhas de jornal: propaganda de pasta de engraxar sapatos, chapéus estranhos, guarda-chuvas, da marca de sabão em pó Persil, bem grande...

Algumas folhas que já estavam quase caindo, papai as...

... sim, porque já na época ele colecionava tudo que tinha a ver com o passado...

E — imagina só, Lara — no apartamento que ficava exatamente na frente do nosso, havia o que sobrou de um pianinho.

Que nada, mano! Era um piano de cauda de verdade, igual ao que há hoje no quarto de música da mãe de Jasper e Paulchen, mas que ela só toca quando ninguém a está ouvindo, nem mesmo a faxineira, muito menos papai.

De qualquer modo, o piano de cauda estava mais do que estragado. Marcas de fogo por toda parte. E torto. O verniz queimado em vários lugares. Não tinha mais tampo. E do teclado, as poucas teclas de marfim que sobraram podiam ser levantadas com a maior facilidade...

Coisa que vocês com certeza fizeram.

Pode crer, Taddel.

Mas não para nós.

Para a coleção de papai.

Eram apartamentos grandes, quatro quartos como o nosso. Mas uma vez que as janelas já estavam todas tapadas com tábuas ou folhas de compensado pregadas, a luz só entrava por frestas, de modo que por toda a parte a claridade era bem precária, e em alguns cantos estava completamente escuro.

Mariechen mesmo assim bateu fotos com sua câmera, registrando até o que ainda havia nas cozinhas e banheiros: uma tampa de privada caída, baldes amassados, os restos de um espelho, algumas colheres retorcidas, cacos de azulejos e assim por diante.

A maior parte das coisas mostrava marcas de fogo ou havia sido levada embora depois do incêndio, porque ainda podia ser utilizada...

... ou foi transformada em lenha logo após a guerra, quando não existia nada para alimentar os fogões.

Dizes que estava completamente escuro. E mesmo assim a velha Marie com sua camerazinha simples conseguiu bater as fotos?

E como, Taddel. Ela inclusive fotografou sem usar flash. Como sempre, do jeito que lhe dava na telha, e às vezes se acocorando para ter um ângulo melhor.

Claro, bem que poderíamos entender se fôssemos um pouco mais velhos: escuro demais para fotografar.

A câmera jamais conseguiria uma coisa dessas.

Pena pelos filmes.

Mas quando nos esgueiramos para o ateliê de papai num dia em que ele recebera visita na parte de baixo da casa e bebia vinho e aguardente, falando de política, com certeza, vimos as fotos cuidadosamente enfileiradas em seu escritório, presas às vigas, nas quais havia também os bilhetinhos com os nomes dos cães...

Cara, era um negócio bacana, o que nós vimos ali.

Ninguém queria acreditar, no princípio: todas as fotos estavam claramente iluminadas como o dia.

Nada tremido.

Cada móvel exatamente como era.

Mas agora se viam apartamentos que pareciam intactos e habitados, mesmo que não pudesse ser vista uma só pessoa nos ambientes...

Acho que não estou ouvindo direito: os apartamentos em escombros estavam todos intactos?

Isso mesmo, Taddel: e inclusive bem arrumadinhos.

Nada das teias de aranha nojentas, nada da merda dos pombos. E um apartamento extremamente confortável, inclusive.

O piano de cauda se encontrava no meio da sala, nem um pouquinho estragado. Em cima dele até havia um caderno de notas aberto sobre as teclas de marfim. E no sofá, que há alguns dias, quando Mariechen o fotografara, ainda tínhamos visto em estado de decomposição, tanto que se podia arrancar o estofamento e ver as molas expostas, agora havia almofadas. Almofadas cheinhas, redondas e quadradas. E no canto do sofá, espremida entre as almofadas intactas, de cabelos negros e olhos de bola de gude, havia uma boneca que se parecia um pouco com nossa irmãzinha. Isso mesmo, exatamente como mais tarde tu, Lara, quando começaste a andar.

E numa das cozinhas havia uma mesa posta, com café da manhã para quatro pessoas, manteiga, linguiça, queijo e ovos em porta-ovos. Ainda vejo tudo diante de mim: as fotos bem focadas. Cada detalhe. Saleiro, colherinha de chá e assim por diante, mesmo que a velha Marie não tenha usado nem sequer flash...

No fogão, que ela fotografou especialmente, até havia uma chaleira de água soltando fumaça, como se alguém, que não se via, talvez a dona da casa, quisesse preparar um chá ou um café.

Todos os apartamentos, aliás, pareciam habitados. Alguns com tapetes grossos, poltronas estofadas, uma cadeira de balanço e quadros nas paredes, nos quais podiam ser vistas montanhas altas cobertas de neve...

E relógios por toda parte. Até se poderia ter visto a hora exata...

... se fôssemos um pouco mais velhos.

Mas num dos quartos havia, sobre uma mesa baixa, um castelo com torre e ponte levadiça. E, além disso, um montão de soldados de cobre e de chumbo. A cavalo e a pé. Parecia que estavam em batalha. Havia até mesmo feridos com ataduras na cabeça. E no chão um trilho de trens de brinquedo, arrumado em forma de oito, com uma agulha diante da estação. Sobre os trilhos aguardava um trem de passageiros com locomotiva a vapor. Parecia que ele partiria logo, enquanto na agulha, diante de um sinal de pare, aguardava outra locomotiva com alguns vagões...

Tudo elétrico, da Märklin. Ainda me lembro bem do transformador.

De qualquer modo crianças — com certeza garotos, talvez até gêmeos como nós, poderiam brincar —, um com o castelo, com certeza eu, o outro, digamos que tu, com o trenzinho da Märklin.

Mas só os brinquedos, os móveis, algumas ampulhetas, uma máquina de costura é que a velha Marie...

Agora tu deves dizer: a máquina de costura com certeza era da Singer...

Pode ser, Taddel, havia máquinas de costura da Singer em todas as casas na época. E não apenas por aqui, mas em todo lugar no mundo. E eu também queria dizer que ela foi buscar no passado, e sem usar flash, ainda a mesa do café da manhã posta, a boneca entre as almofadas, até mesmo as notas musicais sobre o piano de cauda e todo o resto. Só coisas, nada que fosse vivo.

Mas é claro que sim, mano! Num dos apartamentos, na verdade em escombros e completamente escuro, no qual eu jamais teria ousado entrar sozinho, mas que agora aparecia completamente iluminado nas fotos, porque as cortinas brancas deixavam o sol entrar e as janelas estavam abertas, via-se, entre as plantas da sala, uma gaiola bem grande. E nela, em dois poleiros colocados a alturas diferentes, havia dois pássaros, provavelmente canários, coisa que, no entanto, não dava para ver, porque Mariechen fotografava tudo em preto e branco. E na despensa de outra cozinha havia um mata-moscas bem longo, no qual, uma vez que ela o fotografara bem de perto, dava para ver alguns besouros ainda meio vivos grudados. Coisa que era nojenta, porque algumas moscas que também estavam grudadas, com certeza ainda tentavam mexer todas as pernas e elas... E num outro apartamento, no qual havia móveis suntuosos, dava para ver um gato ora dormindo numa poltrona, ora no tapete, de costas arqueadas, como se quisesse bufar. Em outras fotos, ainda, ele tomava sol, todo tranquilo, entre potes de flores. Só um pouquinho: era um gato de pelo mesclado. Cara, agora estou me lembrando: numa das fotos até brincava com um novelo de lã, ou será que estou apenas imaginando isso? Porque eu, assim como papai...

Fato é que, na opinião de Pat, havia um gato ou uma gata se esgueirando num dos apartamentos.

Só captei mais tarde: foram importantes para ele, para o romance *Gato e rato*, que trata da guerra, de um navio caça-minas polonês afundado, de alguns garotos e de uma moça, e de uma medalha para atos heroicos...

... e que ele escreveu enquanto ficava pensando no livro grosso sobre os cães, no qual — sei lá por quê — não conseguia avançar.

E fato é, também, que os animais sempre tiveram um papel importante para ele, mais tarde inclusive alguns que já sabiam falar.

Mas para nós, quando Mariechen teve de fotografar os apartamentos, ele disse apenas: "Aqui um dia moraram médicos e até mesmo um juiz. Gostaria de saber o que foi que aconteceu com eles."

E de qualquer modo só ficou claro, se é que um dia ficou, apenas bem devagar, que ele precisava das fotos para poder imaginar com exatidão como tudo era no passado.

É assim mesmo com nosso paizinho: vive só do passado, e continua vivendo assim. Não consegue largá-lo. Precisa voltar sempre de novo...

E a velha Marie o ajudou nisso com sua câmera milagrosa...

E acreditamos em tudo, assim como tu também Lara, acreditaste em tudo mais tarde, em tudo que no fundo nem existia, mas de repente aparecia como se ainda fosse vivo de verdade ao sair da câmara escura.

E cada vez que Mariechen botava um filme novo em sua caixa da Kodak...

Era uma Agfa! Estava escrito com toda a nitidez na parte da frente. Bem debaixo da lente. Quantas vezes ainda terei de te explicar isso? E, para ser mais exato, a Agfa dela era dos anos trinta. Antes disso só havia a Tengor, da Zeiss-Ikon. Só depois é que os americanos, que após a guerra tiveram de fazer uma boa pausa, chegaram ao mercado com a Brownie-Junior. Mas quem ganhou a parada acabou sendo a Zeiss-Ikon com um aparelho barato que se chamava Baldur, ora, exatamente como o chefe mais importante da juventude nazista, da qual também nosso pai participou quando ainda andava de calças curtas. Custava só 8 marcos imperiais, a Baldur. Centenas de milhares foram vendidas. Além disso, um modelo era exportado para a Itália. Chamava-se Balilla e era preparado especialmente para os rapazes fascistas. A velha Marie, no entanto, não fotografava com uma câmera maravilhosa ou encantada, como diz Lara, mas sim com a boa e velha Caixa I da Agfa. Ainda vejo como ela está pendurada diante de sua barriga.

Tudo bem, mano, ganhaste essa.

Só quero que digas qual é!

De qualquer modo, Mariechen conseguia não apenas olhar para o passado com sua câmera, mas também para o futuro. Quando nós ainda morávamos no apartamento detonado pela metade, ela providenciou um filme inteiro de fotos pequenas, no qual podia ser visto o que aconteceria na política no dia em que tu, nossa Lara, e isso foi um domingo, vieste ao mundo. Ainda vejo como mamãe, quando Mariechen lhe mostrou o resultado alcançado com sua câmera, segurou as fotos, uma após a outra, diante de sua barriga redonda como uma bola, à qual às vezes podíamos encostar o ouvido, e riu. Pode acreditar, Lara — e tu também, Taddel —, dava para ver um rebanho gigantesco de ovelhas. Com certeza algumas centenas de cabeças, que andavam bem devagar da direita para a esquerda, ou seja, do leste para o oeste. Na frente, o pastor. A seu lado, caminhava um carneiro chifrudo. Em seguida, foto a foto, as outras ovelhas. Atrás delas o cachorro. Todos numa só direção. E quando tu nasceste, então, estava escrito nos jornais de domingo — que Jorsch sempre tinha de ir buscar no quiosque da Roseneck para papai — como um pastor levara, no subúrbio da cidade, nos campos junto a Lübars, todo um rebanho de ovelhas pertencentes ao povo, passando a fronteira da zona de ocupação soviética para a zona ocidental, e sem que fosse dado um tiro sequer, exatamente como a câmera de Mariechen soubera de antemão.

Além disso, papai leu no jornal que depois não se sabia o que fazer com aquelas ovelhas todas, que haviam fugido do lado comunista para o capitalista. Carnear todas elas, ou o quê?

E ele ainda riu disso, e depois, enquanto preparava um cigarro de palha, contou vantagem dizendo que um poeta famoso, um inglês, festejaria o aniversário no mesmo dia, por que nascera, assim como Lara, exatamente em 23 de abril. Festejaria, se já não estivesse mortinho da silva há muito, muito tempo.

Muito bem, mano. Isso das ovelhas é verdade. A história do poeta: um presentinho. Mas quando alguns meses mais tarde, pouco antes do nosso aniversário, o muro foi construído, atravessando a cidade, para que ninguém pudesse mais ir para o outro lado, a velha Marie não soube antecipar nada, apesar de sua câmera.

E nós de qualquer modo não conseguíamos compreender por que de repente houve tanta confusão, e por que nossa mãe fez as malas bem rapidinho, por que deveríamos ir embora contigo, Lara, e o mais rápido possível, direto para a Suíça, de onde nossa mãe vem, aliás.

Como assim, Taddel? Suponho que ela estivesse com medo. Mais por nós do que por ela. Poderia haver guerra de novo. Bem perto, na Alameda Clay, os americanos já haviam se posicionado com seus tanques e assim por diante.

Certo é que papai ficou sozinho no grande apartamento e, coisa que ficamos sabendo apenas mais tarde, escreveu algumas cartas bem afiadas contra a construção do muro, de tão furioso que estava.

Mas de nada adiantaram, as cartas.

Mas se ele — apenas por brincadeira — tivesse ido com Marie qualquer dia desses ao Checkpoint Charlie, no setor americano, e parado por ali, esperando pacientemente — ora, exatamente no lugar onde ficava a passagem de fronteira para estrangeiros —, e dissesse: "Agora! Bata uma foto, Mariechen!", com certeza sua lente pegaria um carrão com placas de Roma, dentro do qual...

Exatamente, mano! E no carro — supondo que fosse um conversível, talvez um Alfa Romeo — estaria um italiano que, digamos, seria dentista, e teria vindo especialmente de Roma a Berlim, e se chamaria Emilio...

E ao lado dele estaria sentada uma moça — alta, magra — de óculos de sol, e que mantinha seus cabelos encaracolados presos debaixo do lenço da cabeça...

E esse Emilio ainda pagaria para ver, não teria nem um pouquinho de medo e levaria a moça, que não apenas era jovem, mas ainda por cima loura, junto consigo, saindo do leste, direto para o posto de controle, mesmo que soubesse que o passaporte sueco que a moça teria de mostrar era um passaporte falso...

E, imaginando apenas que fosse desse modo — Taddel, é apenas uma exceção —, se Mariechen, porque nosso pai assim queria, tivesse fotografado os dois, o italiano de verdade e a sueca de mentira, bem de longe, no momento exato em que recebiam de volta seus passaportes, passando pelo controle da polícia de fronteira do lado oriental, chegando ao ocidente, desceriam do carrão logo depois, e a moça tiraria de repente seus óculos de sol e seu pano da cabeça, de modo que se pudesse ver só então seus cabelos longos e encaracolados, ainda por cima louros como o trigo, que na fotografia falsa do passaporte sueco pareciam quase pretos — lisos e bem mais curtos —, nesse caso Mariechen, quando mais tarde viria da câmara escura com as ampliações, poderia dizer a papai: "Olha bem para essa daqui. Ela é realmente especial. Seria uma coisa interessante para ti, em caso de necessidade, se tudo der errado."

E supondo, ainda — sim, Taddel!, apenas supondo, por brincadeira —, que nosso pai tivesse, quando enfim ficou sozinho na casa grande, porque mamãe nos botara a todos em segurança, imaginado sua segunda mulher como se fosse uma visão nas oito fotos de seis por nove, porque a velha Marie, logo depois da construção do muro, em determinado lugar e em determinado dia, porque ele insistia que assim fosse, tivesse fotografado e fotografado, nesse caso talvez jamais...

Para com isso!

Vocês estão loucos, os dois.

Que besteira é essa de se tivesse e se fosse...

Tudo bem, Taddel.

Era apenas uma suposição.

Uma brincadeirinha.

Mas a história da fuga e do italiano, que era dentista, é verdadeira.

Até mesmo o conversível existiu.

Sabemos disso de Jasper e Paulchen, porque a mãe deles lhes contou como, usando um passaporte falso, um jornal da Suécia e algum dinheiro sueco, e além disso com um italiano fazendo o papel de ajudante da fuga, ela fugiu do leste pouco depois da construção do muro. Depois esse Emilio até levou as duas irmãs dela...

De qualquer modo, nossa mãe voltou com nós três da Suíça e desfez as malas.

Mas é lógico, Lara, que papai não poderia mostrar a ninguém as fotos com sua segunda mulher, caso as ampliações da câmera realmente tenham existido.

Além disso, Mariechen sempre soube muito mais dele do que ele mesmo.

Talvez porque ela sempre fotografava a bagana de seu cigarro quando ele não tinha mais ideia do que fazer conosco em termos de família...

Uma vez que ele, desde bem cedo até tarde na noite, fumava apenas os cigarros que ele mesmo enrolava, Mariechen lhe mostrou, mais tarde, quando tudo deu errado, com a ajuda de sua câmera, como ele poderia dar um jeito de escapar da fria. Eu bem que gostaria de ter uma dica quente dessas de vez em quando.

Mas depois que mamãe voltou conosco da Suíça, papai — ainda me lembro mais ou menos — ia muitas vezes até a prefeitura de Schöneberg, porque havia eleições, e ele queria ajudar o prefeito de Berlim Ocidental, que logo depois da construção do muro concorreu contra o velho Adenauer...

Dava para ver os dois candidatos em cartazes espalhados pela cidade inteira.

O velho mais parecia um cacique indígena.

Mas papai, quando íamos passear, sempre apontava para o outro cartaz e dizia: "Eu torço por aquele outro. Gravem o nome dele."

Sim, era para Willy que ele apontava. Adenauer o ofendera muito, porque havia nascido fora do casamento e ainda por cima era emigrante. Por isso papai sempre ia para a prefeitura e escrevia discursos para Brandt, que na época era apenas prefeito, discursos que deveriam servir para a campanha eleitoral.

Só quando tudo passou e o velho Adenauer ganhou as eleições é que papai voltou a ir lá para cima, perto do telhado, e se ocupar de seu *Anos de cão*...

Enquanto isso ele, coisa que se pode ver em outras fotos, que no entanto não foi a velha Marie, mas ainda seu Hans que fez pouco antes de morrer, provavelmente com a Hasselblad ou com a Leica, ficava cada vez mais gordo, porque ainda por cima pegara uma doença pulmonar em Paris...

A doença se chamava tuberculose.

Tinha de tomar comprimidos...

... e beber nata todos os dias, o que fez com que ele engordasse um bocado.

Mas mesmo assim conseguiu terminar seu livro sobre os cães, que tratava apenas do passado, que aliás se tornou nítido para ele até no mais ínfimo dos detalhes...

... porque Mariechen o ajudava com sua caixa.

E porque o apartamento da Karlsbaderstrasse ficou pequeno demais para nós, ele pôde comprar a antiga Casa de Tijolos em Friedenau.

Até a conseguiu por um preço bem baratinho, porque logo depois da construção do muro os preços dos imóveis despencaram... "Foi uma barbada", ele dizia mais tarde.

Mas ainda sei como a velha Marie, antes de nos mudarmos para a Casa de Tijolos, fotografou o velho caixote por dentro e por fora, antes de os pedreiros deixarem tudo novinho em folha, porque papai mais uma vez queria saber quem vivera ali durante a guerra, antes da guerra e mesmo mais cedo, e quem fazia o quê no sótão, onde ele agora pintava freiras gordas e espantalhos em seu ateliê de janelas grandes.

Contamos a vocês em outra oportunidade tudo o que a Casa de Tijolos vivenciou.

Mas nos instantâneos da casa em ruínas que a velha Marie fez com sua câmera da Agfa, Pat e eu pudemos ver o que nosso irmãozinho mais uma vez não quer acreditar, ora, que os filhos de um doutor que, conforme papai disse, possivelmente tenha sido médico-chefe da Charité, já brincavam com um trenzinho elétrico.

Mas embaixo, à esquerda, no porão, ainda não havia nenhuma marcenaria, da qual eu podia tirar sobras de madeira para mim.

E embaixo, à direita, não existia nenhuma lavanderia com aparelho de passar roupa a quente nem bruxa, que eu pudesse incomodar com pombos mortos diante da porta por tanto tempo até ela ameaçar a Pat e a mim, de nos colocar na passadeira, bem devagar, como aconteceu com Max e Moritz.

Consigo me lembrar muito bem, mano, por menores que fôssemos à época.

Chega de besteira, vocês dois!

Pode deixar, pode deixar!

E da próxima vez — prometido! — Lara é quem vai contar...

E depois chegará a tua vez, Taddel...

Estranho, diz o pai consigo mesmo, que Pat e Jorsch tenham revirado na lata de lixo de sua memória até encontrar espantalhos mecânicos e listas de nomes de cães, mas não tenham encontrado uma só palavra sobre os bonecos de neve que Mariechen fotografou a meu pedido, logo depois de ter nevado à noite e durante o dia inteiro, ao que não impedi Tulla, a filha dos meus caprichos, de rolar, atrás da casa arruinada entre os pinheiros de troncos altos — conforme ficou registrado por escrito mais tarde —, o primeiro boneco de neve, e logo do lado da floresta do Erbsberg, até que de repente começou o degelo, motivo que levou a outrora tão gordinha Jenny a não precisar aguentar mais em toda sua redondez a neve a sua volta, mas sim deixar a lama do degelo: ressuscitada como dançarina de esguios membros; assim como também o segundo boneco de gelo, que nove homens disfarçados haviam rolado do outro lado do Erbsberg, e que Mariechen também fotografou a meu pedido, graças ao degelo liberou o gordo Eddy Amsel surpreendentemente emagrecido, ao que os dois sobreviveram aos anos de cão em nova figura...

Pois é, como as crianças poderiam saber de que modo isso chegou ao papel, se até mesmo o pai apenas dá estocadas no vazio cheio de lacunas e no máximo imagina como isso e aquilo vieram a se tornar imagem. Na época, quando as palavras ainda se mostravam sempre prontas a atender seu chamado... Vinham aos borbotões, incontroladas... O poço impossível de ser esgotado... Quando sempre havia burburinho ao fundo e personagens em tamanho natural de antemão...

Mariechen fotografou mais do que seria possível dar conta e mais do que poderia ser botado na boca das crianças.

Uma maravilha e tanto

Mais uma vez são apenas quatro dos oito filhos que tomam impulso durante um fim de semana para, em saltos temporais, se aproximar de seus anos mais jovens. Desta vez eles se encontram na casa de Jorsch, que mora com a mulher, que está sempre trabalhando, e três filhas na mesma Casa de Tijolos na qual cresceu com Pat, com a irmã Lara e com o pequeno Taddel, de aniversário em aniversário sempre com mais alguns centímetros, que o pai marcava individualmente com riscos de lápis e data na moldura de madeira da porta da cozinha; no decorrer dos anos, todos acabaram conseguindo superar seus pais. Com eles cresceram também as árvores, que Pat e Jorsch plantaram atrás da casa assim que entraram na escola.

Embora o encontro tenha sido anunciado aos filhos e filhas nascidos de outras mães, Jorsch questionou a presença deles, dizendo que não era "incondicionalmente obrigatória", de modo que Lena, que portanto queria participar da conversa, e Nana, que, conforme disse, "teria gostado de ouvir por uma questão de princípios", acabaram abrindo mão do convite, lamentando num tom que ia de baixo a alto. Jasper e Paulchen acharam que "estava em ordem" continuar na lista de espera, na medida em que Jasper, "devido a compromissos inadiáveis", não teria podido vir mesmo.

No princípio das férias de verão as filhas de Jorsch viajaram com a mãe. Cartões saúdam a todos, vindos de uma ilha cheia de palmeiras, mais ao sul. Os irmãos estão sentados na cozinha com vista para o sombreado pátio interno e o muro corta-fogo que se levanta mais ao fundo, sobre cujos tijolos cobertos de crostas a hera sobe vigorosa. Pat se atrasou, porque precisava "visitar sem falta amigos do passado". Taddel quer saber que tipo é aquele que há algum tempo alugou o "antigo ateliê do papai, lá em cima". Jorsch, que há pouco — e conforme decisão da família — se tornou dono da Casa de Tijolos, explica a seus irmãos com que frequência e em que lugares, exatamente, são necessárias reformas dispendiosas "no velho caixão". Lara ouve seus irmãos. Em seguida vai buscar no forno a pizza pré-encomendada e esquentada. A cidra posta para gelar já se encontra à mesa. No começo, ninguém parece ter vontade de se submeter às histórias do pai. "Pro nosso papaizinho só conta o que pode ser contado", lamenta Taddel.

É Jorsch o primeiro a mencionar a câmera da Agfa, ao duvidar que na época, quando ainda existiam milagres, se tratava mesmo da câmera em formato de caixa 54, conhecida como Caixa I: "Provavelmente fosse o modelo seguinte da Agfa, a Caixa Especial 64, com foco mais sensível à luz e visor de brilhante, com que a velha Marie..."

Pat diz: "Ora, mas pouco importa com que foi que ela fotografou. Importante é que acreditamos em tudo."

Antes que Taddel possa objetar algo, o pai, com sua mão um tanto fantasmagórica, ajeita o microfone de mesa para Lara.

Nós fomos todos batizados. Vocês, os rapazes, e eu, ainda na Karlsbaderstrasse. Taddel já em Friedenau. Quando chegou minha vez, tu, Pat, terias resmungado que ficar parado na igreja, ora, porque aquilo demorava um bocado, te deixava aborrecido. Foi isso mesmo! Nosso paizinho queria o batizado, ainda que não acreditasse em nada, porque pagara os impostos da igreja por muitos anos. E nossa mãe que, como é comum na Suíça, foi educada seguindo os ensinamentos de Zwingli, no fundo se desvinculara de tudo que tinha a ver com a Igreja. Mesmo assim ela achava que: "Se é preciso mesmo, tudo bem, que venham todas essas cerimônias, e ainda por cima católicas." E quando Taddel deveria ser batizado, nosso paizinho teria dito: "O que as crianças quiserem fazer mais tarde, quando acharem que forem adultas, elas mesmas poderão decidir: conforme todo mundo sabe, pode-se pedir para ser desligado de qualquer clube."

Além disso, ele também teria dito: "Mal não haverá de fazer, se eles já bem cedo ficarem sabendo como supostamente tudo começou com a história da maçã e da serpente."

Com o que por certo queria se referir às consequências que poderiam ser causadas pelo pecado original.

Ele não contava apenas sobre Adão e Eva, mas também sobre o que aconteceu entre Caim e Abel.

Quem pôde entrar na arca de Noé, quem não...

E o que aconteceu mais tarde, todas as histórias de milagres, como Jesus caminhou, usando sandálias, sobre a água, e como de um só pão conseguiu fazer milhares, e como disse a um aleijado: "Toma o teu leito e anda."

A história da primogenitura de Esaú e do prato de lentilhas ele nos contou umas cem vezes, provavelmente porque éramos gêmeos e vivíamos às turras. De qualquer modo, pelo menos sempre que cozinhava seu prato preferido, ensopado de lentilhas.

De qualquer modo não nos causou nenhum mal termos sido batizados — ou?

E será que adiantou alguma coisa?

Só com nossas meias-irmãs é que foi tudo diferente. Lena e Nana não foram batizadas, e por isso cresceram com suas mães como pagãs. Por isso Lena, quando já estava com 12 ou 13 anos e — pelo menos é o que suponho — porque lhe faltava alguma coisa, quis se batizar de qualquer jeito, e na Igreja católica, porque isso lhe parecia mais bacana. E a coisa deveria acontecer diante de um grande público, ao mesmo tempo em que receberia sua primeira comunhão. E o teatro que ela não fez por causa do vestido! Ora queria que fosse simples como uma camisola, ora queria usar algo cheio de enfeites para ficar parecendo como uma pequena noiva.

De qualquer modo, nós dois participamos do espetáculo, junto com Taddel e papai. Tudo certinho como se obedecêssemos a um comando: levantar, sentar, cantar, levantar de novo...

Ouvi de Mieke e Rieke, as outras meias-irmãs de Lena, que vocês, rapazes, ficaram sentadinhos, bem comportados, ao lado de nosso paizinho num banco, cantando bem alto.

Não, só nosso papaizinho é que cantou alto demais e completamente errado...

Foi um mico e tanto.

Bom que a velha Marie não estivesse junto conosco. Ela certamente teria conseguido captar o diabo em pessoa com a lente especial de sua Agfa, para depois trancá-lo em sua câmara escura, a fim de que ele...

Claro, papai teria dito "Bate uma foto, Mariechen. Vamos ver como o senhor Satã, vestido de coroinha, conta à nossa querida Lena, pouco antes de ser batizada, ainda que já faça um rostinho todo beato, uma piada suja, bem perto do ouvido esquerdo."

E Lena, que gostava de ouvir piadas ousadas...

Pena que eu não pudesse — por que, mesmo? — participar de tudo isso. Mais tarde, bem mais tarde, quando eu já era mãe há muito, Lena ainda estava na escola de teatro e Nana, que entrementes estava com 15 anos e parecia estar vivendo uma paixão infeliz — sobre a qual no entanto não queria falar com ninguém —, nós, as três filhas, fomos com nosso paizinho até a Itália e visitamos igrejas na Úmbria, e também museus, é claro. E então eu vi que Lena continua acreditando. Pelo menos era o que parecia, quando ela, em toda parte, fosse em Assis ou em Orvieto, fazia o sinal da cruz com água benta. Eu quase também o teria tentado, mas só quase. E de Nana sei que ela, quando estava em Dresden frequentando a escola de parteiras, e ainda apaixonada pelo mesmo cara egoísta, foi até Meissen contigo, Pat, quando a visitaste certa vez brevemente. Suponho que para ver a cidade. E lá, na catedral, vocês dois botaram velas acesas diante de um altar... Foi isso mesmo, não foi?

Sim, foi o que fizemos, porque nosso pai, quando era soldado, com 17 anos, e pouco antes de terminar a guerra, ainda foi ferido, e esteve no castelo de Meissen, que na época foi utilizado como uma espécie de hospital de campanha para casos urgentes, para trocar as ataduras... Com certeza foi só por isso que nós...

Talvez eu tivesse feito a mesma coisa para nosso papaizinho caso estivesse com vocês, mesmo que eu, assim como Jasper e Paulchen, não acredite em absolutamente nada. Pois os dois, exatamente como mais tarde eu, cresceram bem normalmente.

Mesmo assim devemos ter ficado sabendo um bocado de religião, porque a mãe dela tocou órgão por um bom tempo numa igreja evangélica em Wedding, todos os domingos, e sabia de cor não apenas peças para órgão de Bach, como também todas as canções de igreja, mesmo que não fosse devota...

E nossa Mariechen? Em que ela acreditava?

Em sua câmera, é claro.

A câmera era milagre suficiente para ela.

Para ela a câmera era sagrada, inclusive.

É mesmo! Até disse para mim um dia: "Minha câmera é como o bom Deus: vê tudo o que é, o que foi e o que será. Ninguém pode enganá-la. Ela simplesmente enxerga por trás das coisas."

E que seu Hans estava no céu eram favas contadas para ela. Mas católica como nós éramos católicos no princípio, Mariechen por certo não era.

Mesmo assim tudo era milagre para ela, ainda que de modo bem diferente do que com hóstia, cálice, incenso e essas coisas.

Papai disse certa vez: "Nossa Mariechen vem da Masúria e tem contato direto com as antigas divindades prussianas. Elas se chamam Perkun e Potrimp e Pikoll."

Certa vez ela murmurou algo incompreensível ao botar um filme novo na máquina. Sempre se ouvia um seis por nove do formato das fotos, mas soava como uma fórmula mágica.

É o que estou dizendo. Meu Deus, quanto tempo isso já faz. Mesmo assim consigo me lembrar com exatidão do meu vestido de primeira comunhão, porque a velha Marie me fotografou com sua câmera mágica por todos os lados... E nas fotos, que ela deve ter batido pouco antes da primeira comunhão, pois ainda estou usando uma grinalda, meu vestidinho já está lambuzado de molho de chocolate, que eu certamente toquei apenas depois da comunhão, quando todos estavam sentados à mesa e falaram confusamente, porque eu, e essa era a prescrição, podia receber o corpo de Cristo apenas em jejum. Mas quando era criança eu era louca por doces, pouco importava se fosse pudim ou torta de creme de leite. "Olha só, Lara, minha filha", dizia então a velha Marie, "minha câmera sempre sabe com antecedência com que vais te lambuzar depois." Sei lá o que foi que aconteceu com a foto em que aparece a mancha de chocolate. Só as fotos que ela fez com a Leica, e que são bem normais, estão coladas em meu álbum. Mas todos os outros instantâneos, que ela fez com a câmera milagrosa, quando tu, nosso mais querido Taddel, foste batizado, desapareceram. Isso aliás se passou na igreja de Friedenau...

Nela havia dois capelões simpáticos, que sempre gostávamos de visitar porque os dois...

Mais tarde foram punidos com transferência.

Supostamente eram esquerdistas demais.

De qualquer modo, nas fotos batidas logo depois do batismo havia muita gente em torno de Taddel. E tua madrinha, uma de cabelos encaracolados, que era amiga de papai e mamãe, te segurava nos braços como se pertencesses a ela. E nosso Taddel fazia uma cara que ainda hoje faz de vez em quando: como se alguém o tivesse ofendido. Mas de resto tudo era até bem normal, uma típica fotografia de batismo, só havia uma espécie de espírito, por assim dizer na condição de anjo da guarda, pairando sobre ti e tua madrinha, conforme a velha Marie me sussurrou ao ouvido quando mostrou em segredo a ampliação para mim, e apenas para mim. Pois é, parecia um pouco como hoje nos comerciais da televisão o anjo da guarda de alguma empresa de seguros contra acidentes, do qual minha pequena Emma sempre ri quando ele passa pela telinha e tem sempre de evitar que algo ruim aconteça. Só que o espírito, que pairava sobre nosso Taddel apenas para dar proteção, tinha os trajes de um verdadeiro jogador de futebol, usava, inclusive, chuteiras, coisa que combinava de modo ridículo com as asas estendidas. E nosso Taddel — e não precisa ficar olhando assim tão ofendido já de novo! —, que desde cedo foi louco por futebol, jogou primeiro num clube de Friedenau. Depois, quando passou a viver no povoado com Jasper e Paulchen, jogava no time do povoado. E ainda bem mais tarde, quando já estavas estudando pedagogia, porque, pobrezinho, tiveste de sofrer tanto na escola, sempre jogavas teu futebol aqui e acolá, conforme aliás fazes ainda hoje com tua filha também louca por futebol — ora, é verdade, Taddel! —, torcendo pelo St. Pauli e sempre acreditando num milagre. Apesar de ficar correndo por aí atrás da bola, pelo que sei jamais te machucaste com gravidade, com certeza porque o anjo da guarda da câmera milagrosa te protegeu de encarar as disputas como se fossem uma questão de vida ou morte...

Mesmo assim nunca acreditei muito nisso, ainda que a velha Marie tenha me mostrado algumas ampliações.

Quer acreditando, quer não, ajudou, que nós, os quatro filhos da Niedstrasse, tenhamos sido todos batizados, mesmo que hoje nada mais...

... ou só bem pouquinho.

Como papai, quando falou com Pat e comigo, não me lembro mais onde, sobre religião: "Pois bem, sou devoto de verdade apenas quando estou sentado entre árvores com lápis e papel na mão e me maravilho com as ideias da natureza."

Foi sempre assim com ele, pouco importa se desenhava cabeças cortadas de badejo logo depois das compras na feira semanal de Friedenau ou se desenhava cogumelos que trazíamos de algum passeio dominical a Grunewald, na época em que ainda éramos uma família de verdade.

Até que foram engraçados os tempos em que Taddel tinha acabado de ser batizado, e papai e mamãe logo depois nos trouxeram vestimentas genuínas de índio dos Estados Unidos, para onde foram de navio, porque mamãe não queria voar, navio que, aliás, quase acabou afundando numa tempestade...

As vestimentas eram de couro cru e tinham franjas...

Chegou a ser publicada nos jornais a história do navio italiano de passageiros...

E tu, Lara, usaste as roupas de índio por mais tempo...

Chegou a haver mortos, porque uma onda gigante...

Parecias uma filha de Winnetou, se ele tivesse tido uma filha...

... um buraco gigantesco pouco abaixo da ponte de comando...

Era um navio de luxo, acho que se chamava "Michelangelo"...

Imaginem se Marie tivesse fotografado o navio antes do acidente com sua câmera, quando ele ainda estava ancorado no porto, a chaminé, a ponte...

De qualquer modo, tudo entre nós foi bem normal.

A cada ano havia uma nova criada para cuidar de nós, de modo que mamãe tivesse tempo suficiente para si mesma.

Primeiro foi Heidi, depois Margarete, e depois...

E nosso paizinho ficava, quando não estava viajando, bem satisfeito, sentado sozinho, em seu sótão, e escrevia coisas para as quais excepcionalmente não precisava da velha Marie, porque naquilo que ele escrevia apenas se falava...

Aposto que mesmo assim ela o fotografou enquanto escrevia...

Era a peça de teatro na qual trabalhadores da Alameda Stálin e antigos romanos em farrapos resolvem testar simultaneamente uma revolta...

Com certeza ele não se importava se Marie o fotografasse enquanto escrevia.

Mas algumas pessoas vaiaram um bocado quando os *Plebeus* foram encenados.

E quando chegaram as fotos da câmara escura, parecia que o teatro pegava fogo...

Mas ele não se incomodou muito com o que esse pessoal do jornal escreveu a respeito...

Logo depois voltou a sentar sozinho em seu sótão...

... como aquele Uwe, nosso vizinho do número 14. Ele também ficava sentado no sótão, escrevendo sem parar...

Ele mais parecia um caniço de óculos.

Se incomodava um bocado que meu mano e eu falássemos com tanto sotaque berlinense.

Ficava sentado no terraço diante da casa com papai muitas vezes e não parava de beber sua cerveja.

E os dois falavam e falavam.

Papai conseguia fazê-lo rir com qualquer coisinha.

Na nossa Casa de Tijolos sempre estava acontecendo alguma coisa, sempre havia convidados, alguns bem doidos entre eles.

Certa vez, quando papai estava em campanha eleitoral e tu, Taddel, havias acabado de nascer, a porta da nossa casa pegou fogo à noite.

Dizem que foram os malucos da direita, que com um pano e uma garrafa de gasolina...

A confusão foi grande depois disso.

À noite vinham policiais até nossa casa para cuidar, e com seu jeito calmo eles até que eram simpáticos.

E logo em seguida saímos de férias para a França. Todos nós e uma criada nova. Margarete, acho, era uma filha de pastor e sempre ficava vermelha quando alguém era mais direto com ela.

E logo, atendendo ao desejo de papai, a velha Marie também foi junto.

Talvez ela tenha sido amante dele.

Com certeza não! Mamãe teria notado.

Eu ainda não tinha a menor ideia do que acontecia logo ao lado... De qualquer modo, na Bretanha e sobretudo na praia longa em que passamos as férias havia um bocado de abrigos antiaéreos que sobraram da guerra. Bem espaçosos, nos quais, se não nos borrássemos de medo, poderíamos nos esgueirar para dentro.

Mas era um fedor de mijo e merda.

E de um dos abrigos, que era uma chapa de cimento abaulada com seteiras de tiro e descia inclinado junto às dunas, nós sempre saltávamos fazendo aposta. Jorsch, que era mais leve do que eu, saltava sempre mais longe.

Motivo pelo qual papai me chamava de "Peninha". E a velha Marie nos fotografou exatamente ao saltarmos, um punhado de vezes, com sua Agfa-Especial, que ela levara consigo nas férias. Sim, sempre que nós saltávamos do telhado do abrigo antiaéreo em cima das dunas...

Ficava deitada num buraco de areia e nos fotografava lá de baixo...

Eram instantâneos que uma máquina normal, mesmo a especial da Agfa, com diafragma mais elaborado, jamais teria conseguido, mas com a câmera da velha Marie...

... que era uma câmera milagrosa, não batia muito bem da bola e sempre dava uma de louca, ela conseguia nos fotografar em meio ao salto...

Mas papai, depois que a velha Marie havia revelado o rolo de filme em sua câmara escura, logo rasgou as fotos, porque a câmera — foi o que ele contou à mamãe — fizera de nós dois soldados bem jovens, com capacetes de aço grandes demais sobre a cabeça e máscaras de gás em torno do rosto.

E nas fotos rasgadas teria podido se ver como nós — primeiro tu, mano, depois eu —, quase ao mesmo tempo, ganhávamos impulso, saltando do telhado do abrigo, subindo a boa altura, para em seguida saltar o mais longe possível, já que na praia por toda a parte começara a invasão — o que se vê nos fundos, explosões de granada e essas coisas —, e uma vez que o abrigo poderia ser atingido em cheio, ou porque nós dois simplesmente estávamos nos borrando de medo, e por isso queríamos dar o fora, sumir, saltávamos do abrigo para baixo, e tão longe quanto possível, para em seguida correr entre as dunas para os fundos, onde...

É bem compreensível que nosso paizinho não quisesse ver uma coisa dessas: vocês, com 17 anos, usando botas de soldado, com capacetes de aço na cabeça e talvez até com metralhadoras... Ele mesmo deve ter vivido isso durante a guerra. Ainda sonhou por um bom tempo com isso, e até gemeu durante o sono...

"Isso está indo longe demais, Marie!", ele teria gritado, bastante furioso, antes de rasgar todas as fotos.

Mas Mariechen soube o que responder: "Quem sabe o que ainda poderá vir. Com algo assim a gente se acostuma logo, em caso de necessidade."

Mas de resto as férias na praia onde no passado ficava o muro de proteção do Atlântico até que foram bem divertidas, nadamos e mergulhamos muito. Papai preparou muito peixe, além dos muitos mariscos que ele cozinhava vivos, e corria contigo, Lara, ao longo da praia, quando a maré estava baixa.

Te lembras disso?

Procurando ostras...

E mamãe ficava ensaiando passos de dança sozinha. Sem música. Só por ensaiar.

E enquanto isso Margarete cuidava de ti, Taddel, porque tu ainda eras bem pequeno. Só me lembro que desde o começo ficavas por aí com uma bola...

Bobagem, o que vocês estão dizendo aí. Ora, aquilo do abrigo antiaéreo e das fotos rasgadas. Tudo inventado e como se fosse nosso paizinho... Só o que vocês falaram do futebol, e que sempre fui louco por uma bola, mesmo quando ainda não sabia andar, pode ter algo de verdade.

E mais tarde colecionavas fotos de Beckenbauer, Netzer e de sei lá quem...

Isso mesmo. Mas meu ídolo não foi o baixinho Müller com suas pernas arqueadas, ainda que tenha feito o maior número de gols, e sim Wolfgang Overath. Mas a história do anjo da guarda, Lara, essa tu inventaste, ou alguém outro a inventou. A velha

Marie com certeza teria mostrado as fotos para mim, quando eu já tinha ido embora daqui, e depois joguei no time do povoado e inclusive consegui convencer meu papaizinho a participar da equipe de veteranos do nosso clube quando faltou um atacante no jogo amistoso contra o time do estaleiro. Arranjei tudo para ele, as chuteiras, o uniforme. Foi uma maravilha quando os 11 se postaram em campo. No começo, o domínio da bola não deu muito certo, mas depois ele até que acabou fazendo alguns bons cruzamentos como ponteiro esquerdo, sempre atacando o gol adversário. E, uma vez que aguentou até o segundo tempo, até recebeu aplausos. Mas depois acabou tendo que ser substituído. Mais tarde foi tudo registrado numa manchete do Wilstersche Zeitung: "O novo ponteiro-esquerdo!" Naturalmente era uma insinuação política, porque nosso papaizinho era xingado de vermelho na época. E no povoado alguns teimosos o provocaram bastante. Não chegou a marcar gol, mesmo que na foto que a véia Marie bateu parecesse assim. Embora ela estivesse, quando nossos veteranos estavam perdendo de quatro a zero, com sua câmera atrás do gol da equipe do estaleiro, e na foto se poderia acreditar sem problemas que havia sido ele o autor do gol de honra, e ainda por cima de cabeça, no canto superior esquerdo, ela devia ter providenciado isso tudo em sua câmara escura. De qualquer modo, estava quatro a um quando ele foi substituído. Começou a mancar, não conseguia mais. Mas continuava orgulhoso quando, três dias depois da partida, me mostrou a foto com seu gol de cabeça. Seu joelho esquerdo, já que ele estava destreinado, ainda mostrava um inchaço e tanto. Ele ficava deitado com um saco de gelo no sofá e não parava de se queixar: "Se eu não fosse tão..." E então até eu lamentei um pouco tê-lo convencido a jogar. "Claro", eu disse, "foi uma maravilha, teu gol de cabeça!", ainda que o juiz de Geidenfleth e todos no povoado tivessem certeza de que quem marcou o gol foi o gordo Reimers, da Caixa Econômica. Mesmo assim eu gostaria de saber como a velha Marie conseguiu arranjar aquilo com sua câmera esquisita. E não apenas o gol de cabeça, mas também meu anjo da guarda. Seria muito bom se eu tivesse um de verdade... Ele poderia me ajudar um bocado, até porque... Mas o show fotográfico com o gol de cabeça de papaizinho continua obscuro para mim, pois todos no povoado diziam...

Ele de qualquer modo acredita ainda hoje nisso...

E vocês também, quando se ouve vocês dizerem: "Câmera dos desejos! Câmera encantada! Câmera milagrosa!" E o que mais? Continuo insistindo: tenho minhas dúvidas. Sempre as tive. Pensava comigo: já de novo um pacote de invenções. Mas não dizia uma só palavra a ela, pois nunca tive certeza absoluta. Quando a véia Mariechen bateu aquelas fotos nas quais estou em meu quarto sozinho diante do meu pôster gigantesco de Overath, usando o cachecol do 1. FC Colônia especialmente para ser fotografado, ficou parecendo, quando ela me mostrou as fotos que trouxe da câmara escura, que Wolfgang Overath descera do pôster e se postara como se fosse uma pessoa ao meu lado, ajeitando, ele mesmo, o cachecol em torno do meu pescoço, e me dando a mão logo em seguida. Uma pena que essas fotos não existam mais. Eram o máximo. Devem ter sido soterradas, quando eu — ora, vocês sabem muito bem por quê — me mudei de Berlim e fui morar com papaizinho e sua nova mulher no povoado. Aí eu passei a ser o mais velho e devo ter incomodado um bom tanto meus novos irmãos, Jasper e Paulchen.

Com certeza só porque conosco, na Niedstrasse, muitas coisas deram errado em termos familiares e porque...

Ficavas vagabundeando por aí, imaginavas que eras um inútil.

Por isso nosso pequeno Taddel queria porque queria uma nova família...

Foi isso mesmo! Exatamente! Mas antes — é o que todos vocês dizem — tudo corria normalmente, mas apenas nas aparências. Vocês, meus irmãos mais velhos, que eu no fundo queria admirar, ficavam o tempo inteiro brigando, e ninguém sabia por quê. E tu, Lara, sempre ficavas choramingando e te mostravas divertida apenas com teu vira-lata, que era feio como o pecado, mas do qual eu talvez sentisse um pouco de ciúmes. No começo não quis acreditar que Joggi sabia andar de metrô por toda parte, fazendo baldeações inclusive. Nossa mamãezinha estava sempre ocupada consigo mesma, e meu papaizinho ficava sentado lá em cima, no sótão, inventando suas histórias malucas, ou viajava pelo estrangeiro, ou ainda participava de campanhas eleitorais, sempre metido com tubarões, de modo que eu, no princípio, quando ainda era pequeno e não precisava ir à escola, sempre pensava em campanhas gigantescas para caçar baleias, e por isso acreditava: ele já foi embora para longe, em meio aos tubarões de novo, para caçar baleias...

Inclusive disseste no campinho da Esquina Handjery a teus amigos: "Meu pai luta com uma baleia, e está sempre pronto a lançar o arpão..."

Dos meus amigos, no entanto, nenhum riu, mas em casa todos, e vocês mais do que todo mundo, riram disso, até mesmo nossa mamãezinha que — ainda me lembro bem — fazia sua carteira de motorista na época, já que nosso papaizinho não tinha a menor noção...

Não quer e não consegue ainda hoje.

Foi um Peugeot, o nosso primeiro carro.

Na época o movimento na cidade era grande, quando papai saía e participava da campanha eleitoral.

Dava para ver na televisão: os protestos não paravam e sempre com policiais e mangueiras de água...

Eu acho que tinha acabado de fazer 3 anos, talvez 4. E dizem que não parava de fazer perguntas. Mas ninguém me respondia de verdade. Vocês, meus irmãos mais velhos, muito menos. Tinham outras coisas na cabeça. Pat com certeza só pensava em meninas. Jorsch em suas bugigangas tecnológicas. E meu papaizinho, e eu acreditava nisso a todo custo, sem deixar me convencer de outra coisa, caçava baleias. E além disso a véia Marie me mostrava fotos, com certeza uma dúzia ou mais, sobre as quais dizia: "Fiz especialmente para ti, meu Taddelchen, para que saibas por onde anda teu pai a essas horas." Eram um pouco tremidas, porque, conforme ela me explicou, as ondas no momento em que ela batera as fotografias eram bem altas no Atlântico Norte. Mas mesmo assim podia ser reconhecido com exatidão na chalupa, igualzinho ao seu bigode, mesmo que estivesse usando um gorro de lã bem engraçado. Era um espetáculo. Com um arpão de verdade, ele estava em pé na proa da chalupa, mirava — e com a mão esquerda — em algo que não se podia ver. Mas nas outras fotos se podia ver que ele lançara o arpão e acertara, e isso com a esquerda. O cordão bem esticado, porque a baleia puxava e, por isso, a chalupa andava rápida. E assim por diante, até que na última foto podiam ser reconhecidas as costas da baleia na qual estavam cravados os arpões. Eu inclusive acreditava e teria apostado que vi como meu papaizinho subira às costas da baleia para amarrá-la, a baleia que ainda não estava bem morta, com mais firmeza à chalupa, usando a corda. O que não deixava de ser bem arriscado, sendo as ondas tão altas. Lamentavelmente não pude ficar com nenhuma das fotos. "São secretas, Taddelchen. Ninguém pode saber por onde teu papaizinho anda e o que ele faz quando não está escrevendo", disse a véia Marie.

É uma história bem esquisita.

Tem cara de *Moby Dick*, que com certeza vimos na tevê, tu talvez também.

Pat e eu sabíamos o que acontecia de fato na campanha eleitoral, mesmo que ainda não conseguíssemos ver com clareza o que era importante para papai e por que ele não conseguia parar com isso. Discursos, discursos, sempre novos discursos!

Pois esta já era a segunda campanha eleitoral na qual ele se metia. Já quatro anos antes, quando tu, Taddel, havias acabado de nascer, se tratava de Brandt, que continuava sendo apenas prefeito, e dos socialistas, para os quais inclusive pintou cartazes, um com um galo em cima que cantava "essepedê".

Na época a velha Marie ainda fez um bocado de outras fotos com sua Agfa-Especial. Eu já disse: foi antes da campanha eleitoral que estivemos de férias na França...

Mas não dava para ver na câmera do que ela era capaz. No fundo, era uma caixa das mais simples, que tinha três olhos na parte da frente. Um maior no meio, dois menores mais acima, à esquerda e à direita...

Eram os visores brilhantes da Agfa-Especial. E, bem grande, no meio, a objetiva...

É o que estou dizendo! E na parte de cima havia janelinhas para enquadrar as fotos, nas quais Mariechen jamais olhava, no entanto. E embaixo, à direita, ficava o obturador e mais uma manivela para o rolo de filme...

E um diafragma de três tempos e três diferentes ajustes de distância...

E isso era praticamente tudo. Mais não dava para ver. Encostei meu ouvido nela. Mariechen deixou. Não se ouvia nada. Era uma caixa encantada, que fazer, como tu, Lara, chamavas a câmera. Ou uma caixa milagrosa.

Coisa que, no entanto, por muito tempo pensei que fosse uma besteira, ou seja, que a câmera podia ver o que jamais aconteceu.

Não seja trágico, Taddel! Hoje, onde tudo é elaborado em termos de computador, e as coisas virtualmente mais impossíveis se tornam possíveis...

Nós éramos loucos pelos Beatles na época...

... e se considerarmos o que há de fantasia e mistério na tevê...

Quando papai ia a Londres sempre nos trazia os discos mais novos: *Sgt. Pepper's Lonely Hearts Club Band* com "Lovely Rita" e "When I'm Sixty-Four" de Paul McCartney...

Mas com Harry Potter, por exemplo, a câmera mágica da velha Marie mal conseguiria concorrer...

Mas tu, Lara, só ouvias o bobo do teu Heintje: "Mamatschi, me dá um cavalinho..."

... "Um cavalinho seria meu paraíso."

Ou quando os dinossauros ressuscitam no cinema...

Mas nós continuamos a preferir os Beatles, até que para Pat os Rolling Stones se tornaram o número um. Eu preferia os cabeças de cogumelo até que enfim passei a gostar mais de Jimi Hendrix e depois de Frank Zappa...

... e tudo apenas com animações virtuais criadas em computador... Lagartos voadores e essas coisas...

De qualquer modo deixamos nossos cabelos crescer. Os de Pat eram encaracolados, os meus mais lisos, mas em bem pouco tempo mais compridos do que os cabelos de Lara.

Além disso o que se passava lá fora — ora, estou querendo dizer na cidade — era bem mais interessante. Eu só continuava me aborrecendo às vezes, no máximo aos domingos. Nós éramos jovens demais para seguir o carro do xá da Pérsia quando ele veio em visita, e os persas contratados para festejá-lo bateram com paus e vigas nos estudantes, inclusive houve um morto, porque um dos policiais atirou, mas onde quer que houvesse um lugarzinho, eu e Jorsch escrevíamos "Make Love not War" com um pincel e desejávamos estar no centro da cidade, onde sempre acontecia alguma coisa.

E exatamente numa situação dessas, quero dizer, desejando, a velha Marie nos surpreendeu com sua Agfa-Especial, de modo que depois pudemos ver como meu mano e eu, de braços enganchados com Rudi Dutschke, com um chileno e alguns outros caras, percorremos a Kudamm. Claro, porque éramos contra a guerra.

Contra a do Vietnã mais do que contra qualquer outra.

Mas as fotos com nós na frente, na primeira fila, como gritávamos alto ou bradávamos algo contra Springer, eram apenas fotos desejadas, exatamente como as fotos desejadas por Lara, ou como aquela que a velha Marie me mostrou mais tarde. Entre elas havia algumas nas quais estou sentado em um carro que eu mesmo construí, que sabia andar como qualquer outro, mas também voar. Parecia com o modelo que construí com peças individuais, meio como um Land Rover, meio como um helicóptero. Mas nas fotos meu modelo aparecia em tamanho normal e não se mostrava capaz apenas de andar, como também de voar... Pois em todas as ampliações podia ser visto como eu, na condição de piloto, voava bem alto sobre os telhados de Friedenau... Faço uma curva à esquerda, uma à direita... À esquerda, abaixo do meu automóvel multiuso, pode ser vista a torre da prefeitura de Friedenau, diante dele a feira semanal com a peixeira gorda e o doido vendedor de flores, que acenam, ambos, para mim, e também a Niedstrasse com nossa Casa de Tijolos... O que estás querendo, Taddel?

Só uma perguntinha simples: e como foi que se chegou a essas fotos de voo completamente malucas?

A isso te dou uma resposta mais simples ainda: é que eu montei, em meu quartinho — Pat tinha o dele, no qual estava tudo sempre tão limpinho e em ordem —, porque mamãe nos chamava de "diabinhos briguentos" e nos separara com uma parede intermediária, pois é, em meu quartinho eu montei, usando apenas lixo tecnológico e diferentes brinquedos de lata que sobravam de aniversários, um carro desses, que sabia voar. E quando a velha Marie me viu sentado em meu "caos", como papai chamava minha oficina de montagem, e parafusando no automóvel voador, ela exclamou: "Deseja uma coisa, Jorsch, bem rápido, deseja alguma coisa!", e já ela botava a Agfa-Especial primeiro diante do abdômen, depois se deitava de costas no chão, fotografava do alto, onde havia nada vezes nada, gastando um rolo de filme inteiro. Mais tarde, uma vez que eu o desejara com intensidade, ela chegou até a me botar entre os Beatles com sua Agfa-Especial: estou sentado na bateria, no lugar de Ringo Starr e uso umas roupas bem chamativas.

Ela era bem louquinha mesmo com sua câmera.

A mim isso mais parecia ter a ver com milagre.

Na época nós ainda acreditávamos em milagres.

Talvez porque fôssemos todos batizados.

Isso parece católico demais ao pai. As crianças, até mesmo Taddel, que sempre estava atento, acreditavam em tudo... Pois Mariechen sempre fotografava o vazio, e já o próximo milagre estava feito. Já os desejos se realizavam. Já as lágrimas secavam. E já Lara sorria, o que acontecia bem raramente e era tido como valioso.

O pai, no entanto, duvidava. Às guerras que não queriam acabar, à injustiça que aumentava, aos cristãos hipócritas ele sempre tinha um não à disposição. Às vezes alto demais, às vezes demasiado baixo. Mais tarde a dúvida chegou a se tornar para ele uma pessoa descrita, que vivia no subterrâneo e para a qual apenas as lesmas não apresentavam nenhuma dúvida. Pois muito daquilo que impresso era tido como fato, sucedia de modo bem diferente e devotamente em direção errada. O que se mostrava firme como uma rocha, se esfarinhava. Esperanças desmoronavam assim que o tempo mudava. E também o amor testou, como carta enviada ao endereço errado, caminhos à parte, traía.

E tudo acontecia seguindo à risca na agenda: compromisso após compromisso. Apenas Mariechen era capaz de suspender e questionar o andar do tempo. Intuições, captadas por instantâneos fotográficos. Nostalgias, caçadas por uma câmera, uma caixa que não batia bem da bola, mas que descobria, revelava, desnudava... Motivo pelo qual as crianças não devem saber o que o pai acabava de deixar de contar. Nenhuma palavra sobre culpa e coisas do tipo inculcadas a quem quer que seja. Só do fato de que havia anjos da guarda, no passado, quando Mariechen conseguia provar tudo em preto e branco, não se deveria ter dúvidas...

Choldraboldra

Era uma vez quatro, mais tarde, cinco crianças, que agora eram tidas por adultas; mas o que quer dizer ser adulto? Reincidências são permitidas.

No momento estão sentados juntos, a três. Assim que consegue sair do local das filmagens, um estúdio de cinema que fica nas proximidades, Taddel, que convidou seus irmãos, também vai querer falar. "Sem falta!", exclama seu último e-mail.

Lena está no palco: a família Schroffenstein. Nana não pôde vir por causa do plantão noturno na clínica de Eppendorf. Jasper e Paulchen ainda não foram convidados. Primeiro os três mais velhos dirão tudo o que anda acontecendo com eles, o que deverá acontecer em breve ou acabou não acontecendo. Para isso o suíço-alemão, língua da mãe, se torna fluente para eles. Pat se queixa de brigas conjugais que ainda ressoam dentro dele, Georg, que aqui se chama Jorsch, tem o grande propósito de dominar sua, como ele diz, "situação financeira momentaneamente periclitante". Lara está contente por não precisar se preocupar ainda com seus filhos mais novos. Todos os três gostam de se provocar com palavras carinhosas e bebem chá enquanto isso. Além disso, há salgadinhos. Só Jorsch fuma.

O excesso de relógios de cozinha nas prateleiras, em cima do armário, evidencia a doideira colecionadora de Taddel nos mercados de pulgas de Hamburgo. Mais tarde sua mulher que, por estar grávida, parece rir sem motivo, bota sobre a mesa, como se estivesse ausente, uma panela de gulache que o marido cozinhou anteriormente, para em seguida se retirar e talvez consultar seu computador, ainda sorrindo. Antes de ser levado para a cama, o filhinho dos dois correu por todos os ambientes da casa, ao longo do corredor e até a cozinha e fez perguntas, conforme crianças de 4 anos as fazem, para as quais raramente há uma resposta adequada.

Agora os irmãos comem. De quando em quando, Pat coordena pelo celular algo que ele chama de uma "conversa que há tempo já deveria ter tido". Depois de comerem com gosto o gulache de cordeiro, eles vão sentar na sacada com vista para o pátio interno e para o terreno vazio de uma escola ao anoitecer. No dia anterior choveu. A previsão é de mais chuva. Mesmo assim há poucos mosquitos. Em potes, as ervas de cozinha de Taddel crescem verdes, testemunhas de sua propagada domesticidade.

Coisas que não foram ditas pairam no ar. Só vagarosamente os irmãos tomam o rumo das confusões de sua infância, falam retroativamente, ora se mostram animados, ora de mau humor, e fazem questão de continuar se mostrando feridos, magoados. Porque o pai deles quer que seja assim, Pat começa. Em tom de prevenção, ele afirma não querer começar nenhuma briga com Jorsch.

Eu me sentia ora assim, ora assado. Hoje não é muito diferente. Mas que importa! De qualquer modo, Mariechen em algum momento começou a dizer "ora, ora, ora" e "uma choldraboldra dessas", quando nos via.

Como sempre quando ela intuía algo problemático.

Tinha um faro e tanto para essas coisas.

Também não era difícil ver que entre nós as coisas desciam ladeira abaixo. No princípio bem devagar, depois provavelmente não houvesse mais o que fazer.

Até nós já sabemos disso agora.

Quando percebemos, a lareira já estava apagada.

E na escola ficávamos patinando.

Até mesmo tu, Lara. De mim nem se fala.

E Taddel deixava a nova criada — como era mesmo o nome dela? — simplesmente desesperada.

Mas nosso paizinho nem se preocupava com isso. Talvez porque ele em termos de escola foi sempre um fracassado como nós, rodou algumas vezes e tal.

Ele odiava esse troço de escola.

Além disso, sempre estava ocupado com outras coisas em pensamentos.

Ainda hoje ele é assim!

Nunca se pode ter certeza se está ouvindo ou apenas fazendo de conta que ouve.

Ainda me lembro mais ou menos do que lhe dava na telha na época. Alguma coisa que tinha a ver com um dentista, um professor, dois alunos e um bassê que deveria ser queimado na Kudamm, bem na frente do terraço do Kempinski, por causa do uso do napalm no Vietnã.

Tinha a ver com a mandíbula inferior dele.

Isso se chama de progênie.

Ficou se chamando, quando ele estava pronto, e alguém — talvez ele mesmo — segurava seu dedo sobre o isqueiro aceso, *anestesia local*, com letras minúsculas, e lhe trouxe incômodo, um bocado de incômodo...

Cara, como os críticos desceram o pau sobre ele quando o livro foi publicado.

Suponho que porque esse pessoal dos jornais queria que ele escrevesse apenas sobre o passado, e não sobre coisas importantes que não davam certo em termos de presente.

E então ele começou a desenhar lesmas em algum momento, corridas de lesmas e "lesmas na contramão", como ele chamava a isso.

E fazia de conta que tudo em nossa casa e no resto do mundo estava completamente normal...

E nossa mãe do mesmo jeito se ocupava com outras coisas em pensamentos. Talvez porque um amigo dos dois ficava cada vez mais e mais doente. Ele vivia longe, em Praga, com a família, e tinha...

Mamãe gostava dele especialmente.

Mas papai também gostava dele.

Não sabíamos o que estava acontecendo. Eu, pelo menos, estava ocupado com um plano bem diferente, desci ao porão, porque lá...

Ora, Jorsch, pode contar.

Tudo começou porque tu arranjaste uma namorada de repente. Ela se chamava Maxi. E todos diziam, "Ela é muito bonita. Ah, que namorada bonita que o nosso Pat arranjou!"

Ela gostava mesmo de ti.

Lógico, porque todas as meninas corriam atrás do meu mano, de mim não. Isso me incomodava. Eu sempre tinha azar. Ora batia direto num carro na frente de casa, mas escapava com uma testa inchada. Ora abria minha canela num prego enferrujado. Ao que papai, claro, largava uma de suas frases consoladoras, por exemplo: "Sara rápido quando se é jovem. Agora deixe isso para trás, Jorsch, aí mais tarde estarás melhor." Não era nem errado o que ele dizia. Além disso, eu tinha amigos, sobretudo quatro rapazes, que, quando eu ainda nem tinha 15 anos, fundaram uma banda de rock. Ela se chamava "Chippendale", talvez porque a velha Marie tenha nos dado a dica do nome. Nós podíamos ensaiar no porão.

Nossa, era uma barulheira e tanto!

Dois dos rapazes tocavam guitarra, um deles contrabaixo, e um ficava na bateria, eu cuidava da técnica. É mesmo, devia ser bem alto o barulho que nós fazíamos. Por isso só ensaiávamos quando papai não estava no sótão. Eram ambiciosos, os rapazes, porque em algum momento queríamos nos apresentar, num desses galpões de rock. Mas fato é que não terminávamos de ensaiar. Só na sequência de fotos que a velha Marie bateu de nós, quando estávamos sentados no porão certa vez, e ela de repente apareceu na porta com sua câmera diante da barriga, é que ficou parecendo que tocávamos num espetáculo ao ar livre — parecia até o Waldbühne, onde há pouco os Rolling Stones haviam feito um show maravilhoso...

Lembro, houve pancadaria depois...

... e agora lá estávamos nós como banda de rock diante de alguns milhares de pessoinhas. Dava para ver com nitidez: nós no palco, bem em cima! Nossa grande exibição! Era hard rock, e nós sabíamos tocá-lo. A multidão rugia. Exigia bis, bis, bis!... Pelo menos é o que eu suponho. Quando a velha Marie me mostrou as ampliações e eu fiquei completamente embasbacado, ela disse, ainda por cima sorrindo amarelo: "Mas promete que vou ganhar um ingresso quando o sucesso vier de verdade, está bem, Jorsch?" Nunca mostrei as fotos aos rapazes. Teria me envergonhado, pois no que diz respeito ao som os quatro eram realmente muito bons e só ficariam mais decepcionados, porque nós simplesmente nunca conseguíamos terminar de ensaiar. Por isso nunca houve uma chance de verdade para nós, por melhores que os rapazes fossem. Eu, embora tivesse bom ouvido, não era muito musical.

E no velho piano parado em nossa sala só tu ensaiavas, não é verdade, Lara? Em compensação eu era o único responsável pela técnica na nossa banda: amplificadores, controle de som, e o que fosse necessário. Com certeza foi por isso que mais tarde, logo depois do meu curso em Colônia, me tornei técnico em eletrônica de aparelhos, primeiro, e, depois de uma pausa, em que só trabalhei como simples eletricista, acabei me tornando técnico de som. Fiquei parado — vocês sabem disso — durante anos com fones de ouvido e cabo em filmes e televisões. Ainda hoje ganho meu pão com isso, agora como diretor de sonoplastia. Mas Pat, nosso primogênito, se envolvia em todo tipo de histórias com moças, mas no fundo nunca soube o que queria. Ora, era assim mesmo, mano! Quando te perguntavam: "O que vais querer ser no futuro?", sempre dizias: "Pastor de nuvens." E isso que a velha Marie te deu a dica, que poderia fazer com que as coisas fossem diferentes, bem diferentes para ti. Com certeza! Me refiro à questão do armarinho.

Isso das moças até é verdade, pelo menos de vez em quando, para variar, era mesmo desse jeito. E é assim no meu caso, o que posso fazer. Mas nunca durava muito. Com Maxi também não durou, por mais bonita e queridinha que ela fosse. Ainda por cima morava bem longe, nos prédios novos de Britz. Chegamos a visitar a família de Maxi uma vez. Para tomar um chá, como se diz. Eu com papai e mamãe, num domingo. Pode ser que foste conosco, Lara. Se não, tudo bem, ora, pouco importa. De qualquer modo, papai, coisa que me foi bem constrangedora, comprou flores num caixa-automático na estação do metrô. Eram para a mãe de Maxi. Mas depois até que foi tudo muito bem no prédio. A vista do apartamento era aberta. Havia uma toalha de mesa de verdade e tapetes. E papéis de parede com diferentes motivos de flores. Bem confortável. Não tão vazio como na nossa casa. Nós não tínhamos nem mesmo cortinas nas janelas. E Maxi, ainda me lembro, estava bem nervosa. Mesmo assim a coisa não durou. Ela queria ficar ouvindo apenas os gorjeios de Mirrelle Mathieu, enquanto eu me aborrecia com tudo bem logo — pois é, talvez também com Maxi. Lágrimas correram, e todas essas coisas.

E nós tivemos de consolá-la.

A pobre continuou atrás de ti por um bom tempo...

Também lamentei. Mas mais tarde começou a história com Sonja, que até já tinha uma filha que era um pouco mais nova do que Taddel. Cara, que diferença. Uma mulher de verdade. Sabia de tudo. Até me ajudava nos deveres escolares. E uma vez que a história se arrastou, em algum momento juntei minhas coisas e saí de casa, para ir morar com ela, mas apenas uma rua adiante, na Handjerystrasse. Eu já estava com 16 anos na época, e entre nós, na Casa de Tijolos, ninguém mais via as coisas com clareza mesmo, e Mariechen também não queria mais nos fotografar com sua câmera dos desejos, sempre dizia apenas "ora, ora, ora" quando nos via.

Ou "uma choldraboldra dessas"...

Porque ninguém mais sabia o que estava acontecendo.

Também eu só fiquei sabendo mais tarde o que antes só se tornava claro aos poucos, quando nosso paizinho, e isso logo depois de uma de suas viagens à Romênia, coisa que deve ter sido bem difícil, ajudou um rapazinho a sair da região de Siebenbürgen.

Ele era um pouco parecido com papai nas fotos da juventude, e magro como um caniço, igual a ele.

Ele veio morar conosco, porque nossos pais achavam: "É extremamente talentoso. Com certeza vai se tornar alguém importante..."

Sempre se dizia: "Mas precisa se acostumar ao ocidente primeiro, e necessita muito de ajuda."

Por isso nossa mãe cuidou dele com todo desvelo, mas então...

Claro que era preciso cuidar dele.

Era um tipo interessante. Sempre com o rosto sério, quase trágico.

Mas papai só ficava em casa quando não viajava nas campanhas eleitorais do SPD.

Então acabou morrendo em Praga, onde alguns anos antes os russos haviam marchado com seus tanques, aquele amigo de mamãe e papai. Um tumor na cabeça, coisa que foi bem triste para os dois, mas de modo diferente.

Mesmo assim foram juntos para o enterro.

E voltaram mudos para casa.

Só falavam o absolutamente necessário um com o outro, quem compra o quê e essas coisas.

Dava na vista, porque no passado os dois não paravam de conversar, sobre livros, filmes, música, quadros, sobre arte de um modo geral. Jamais se aborreciam como eu.

E riam e dançavam como doidos, quando vinha visita.

Sempre recebíamos muita visita.

Isso mudou.

Tudo mudou.

Não havia mais o que rir.

E na casa tudo era abafado, porque entre nossa mãe e...

É o que estou dizendo, a gente ficava sabendo de tudo, ainda que mais tarde eu só ficasse em nossa Casa de Tijolos algumas vezes, talvez pensando: isso não me diz respeito. Comecei a escrever uma espécie de diário. Continuo escrevendo, aliás, pouco importa se me sinto bem ou mal. Na época eu estava mais ou menos. Tinha um compromisso sério. Parecia até uma pequena família. E quando então fui com minha namorada e sua filhinha para a Rheinstrasse comprar alguns botões sei lá para o quê, entramos num armarinho. Isso mesmo, um armarinho. Ora, vocês conhecem a história: havia tudo ali. Milhares de botões de chifre, de plástico, de madrepérola, de latão, de madeira. Alguns cobertos de laca, outros de tecido. Coloridos em todas as cores, dourados, prateados, inclusive botões de uniforme. Até mesmo em formatos quadrados e hexagonais. Prateleiras inteiras com botões e caixas de papelão, na frente das quais havia sempre apenas um único botão colado como modelo. Nós só ficamos olhando, admirados. E a mulher idosa que era dona da loja disse, quando viu nossa admiração: "Vocês podem ter tudo isso aqui. Não consigo mais mesmo, por causa das pernas. E então, que tal? Não é caro." Foi quando minha namorada perguntou, mais por brincadeira: "Quanto, afinal de contas?", e a velha disse: "Só 2 mil marcos." Não tínhamos o dinheiro. E de onde poderíamos tirá-lo? Mas uma vez que não dava para falar com mamãe sobre isso, fui perguntar a papai, que acabava de voltar de uma viagem, nem de todo sério, mais para fazer um teste: "Podes me arranjar aí uns 2 mil emprestados? Pago de volta, com certeza." Admito que era um bocado de bufunfa. Mas Mariechen estava ao lado dele quando simplesmente perguntei a ele no sótão, onde os dois mais uma vez tinham algo a discutir. Houve primeiro um aconselhamento. E Mariechen deve ter convencido papai depois de os dois sussurrarem por algum tempo...

Ela sabia como fazer...

Ele ouvia o que a velha Marie dizia.

Mas ela também ouvia o que ele dizia.

Eles estavam sempre na mesma onda.

Talvez porque os dois vieram do leste...

De qualquer modo, recebi os 2 mil e depois fui esvaziando a loja da velha aos poucos. Todas as caixinhas com dez mil ou mais botões dentro. Sem mentira, era isso mesmo. Além disso, caixotes cheios de linha, seda de costura, fechos, linha de tricô, dedais e sei lá mais o quê. Guardei as bugigangas todas, bem arrumadinhas — nisso eu era bem diferente de ti, não é mano? —, no porão da Handjerystrasse. Até construí estantes especialmente para isso. Em seguida marquei todas as caixinhas com o número exato de um determinado tipo de botão...

Também as caixinhas com as outras bugigangas, ora, as linhas e o resto?

É o que estou dizendo: tudo! E logo Mariechen já estava no porão, pronta a fotografar com sua caixa dos desejos...

E — lógico! — sem flash como sempre...

... fotografou a parede cheia de caixinhas e caixotes, sem que eu precisasse dizer, "Bata uma foto, Mariechen!". O que saiu em seguida de sua câmara escura, no entanto, ninguém seria capaz de imaginar, vocês também não. Foi uma coisa séria! Sem mentira: eu com um tabuleiro à minha frente. Ora, uma dessas caixas amarradas com suspensórios diante da barriga, na qual meus botões mais bonitos, entre eles alguns muito raros, estavam bem arrumadinhos. Botões de chifre de veado, outros de madrepérola. Esmaltados, e botões prateados. Eu estava parado ali como um mascate, com o tabuleiro diante da barriga, e meus cabelos compridos ao vento, por isso eu estava "bonito de se apaixonar" nas fotos, conforme Marie disse, flauteando. Em outras fotos dava para ver como eu vendia os botões: às dúzias ou até em números maiores, a granel. Ora nesta, ora em outra butique. E, isso dava para ver, sempre com dinheiro vivo na mão. As vendedoras nas butiques pareciam todas entusiasmadas, porque em meu tabuleiro podiam ser encontrados botões que não existiam em nenhum outro lugar, mas talvez também porque se apaixonavam pelos meus longos cabelos cacheados. De qualquer modo, numa das fotos eu ganhava o beijinho de uma madame já de mais idade. E então eu pensei, ao ver as fotos: por que não, Pat? Que importa! Vamos inventar algo diferente. E fui ao porão, onde papai, para nos ocupar, havia instalado um posto de carpinteiro com ferramentas, e fiz um tabuleiro de faia exatamente igual ao que carregava na frente da barriga nas fotos. Eu tinha mão para isso. Tu, mano, também eras bom nesses trabalhos manuais...

Mais com coisas técnicas, porque no meu caso...

De qualquer modo, meu mano e eu éramos bem diferentes de papai, que não sabia nem mesmo trocar uma lâmpada direito. E assim fui com meu tabuleiro, que tinha uma tampa marrom-avermelhada, mas por dentro era da cor da madeira natural, para a Kudamm e em todas as ruas próximas, em qualquer parte onde havia lojas chiques de mulheres, fazendo um bom dinheiro. Uma vez que já tinha 16 anos, consegui providenciar uma cédula de vendedor ambulante. A coisa foi bem simples, e o dinheiro que eu ganhava era legal, portanto. E um ano mais tarde, quando papai só vinha mais de vez em quando até a Niedstrasse, pude lhe pagar em mãos os dois mil. Fiquei muito orgulhoso disso. E ele também estava orgulhoso de seu filho, pelo menos suponho que tenha sido assim. Mas como sempre acontece comigo, quando o negócio do meu tabuleiro começou a fazer o maior sucesso — pois eu vendia não apenas botões, mas também linha, seda de costura, e até mesmo fechos —, eu já não achava mais graça nele. Me aborrecia sempre ao ganhar dinheiro, e além disso a mulherada estridente das butiques...

Foi isso mesmo, mano! Botaste um fim em tudo porque os botões te aborreciam...

... ou "aburreciam", como dizias na época.

Simplesmente não tinhas mais vontade.

De qualquer modo, acabei vendendo tudo, as bugigangas todas mais o tabuleiro, os botões e o resto que havia no depósito, a um amigo teu...

Exatamente, a Ralf...

... simplesmente vendi, e por uma pechincha.

E esse Ralf, que mais tarde todos começamos a chamar, por hábito, de "Ralf dos Botões", ainda hoje tem seu negócio.

Inclusive o ampliou, e mais tarde começou a fabricar, ele próprio, botões de chifre de vaca. A coisa simplesmente não queria acabar...

E o Ralf dos Botões está longe de viver mal, conforme ouvi de minha amiga Lilly, com seu negócio.

Por isso vocês dois sempre me aporrinhavam, e também a Taddel e às vezes até a papai, dizendo: "Ah, Pat, se tivesses ficado no negócio dos botões."

Mas por algum tempo tu querias sem falta te tornar algo assim como missionário, e mais tarde camponês.

Até conseguiste. E produzindo apenas ecologicamente. Numa chácara de verdade, com estábulo, queijaria e duto de leite atravessando a propriedade, mas lamentavelmente sem cavalos. No entanto ordenhavas mais do que vinte vacas, durante anos, diariamente, só vacas...

Até que — lógico! — meu mano começou a se aborrecer mais uma vez.

Não é verdade! Dessa vez foi diferente, porque quando o muro caiu e a unificação veio com uma nova situação de mercado...

E porque tua mulher, na condição de italiana...

Mas com teu tabuleiro cheio de botões, que a velha Marie inventou para ti com sua câmera mágica, ficaste bem satisfeito...

Só para ti, Lara, é que as coisas não foram muito divertidas, quando me mandei para fazer o curso em Colônia e Pat não deixava mais sua pequena família na Handjerystrasse, onde a namorada dele o ajudava por tanto tempo na matemática e nas outras matérias até que ele enfim conseguiu inclusive fazer sua prova de conclusão dos estudos pré-universitários...

Com o que estava tudo resolvido. Quer dizer: ela me botou para fora. Mas e daí! Talvez a coisa não tenha durado porque eu era jovem demais para algo assim. Em algum momento, logo depois, fui de carona até a Noruega, onde conheci uma namorada, com a qual morei primeiro numa tenda, até ir sozinho aos confins da região do Finnmark... Mas isso já é outra história.

Ora essa! Só foste ao norte porque papai, quando era jovem, foi de carona até o sul mais profundo...

Mas antes de eu chegar até bem perto de Nordkap, Mariechen me colocou com mochila e uma tenda presa a ela diante de sua câmera fotográfica...

E o que saiu dela em termos de desejo? Pode-se adivinhar?

Com certeza, algo como meu mano e uma moça lapônia na flor da idade...

Nada disso. Não vou dizer. Ou só alguma coisa. Apenas quando voltei, dava para ver em algumas fotos como eu vagava pela imensidão nórdica completamente sozinho. Sem bússola nem mapa. Havia me perdido. Estava sentado, chorando, numa pedra coberta de musgo. Até mesmo rezei, coisa que não dava para ver: "Não me deixe morrer, bom Deus, ainda sou tão jovem..." De qualquer modo, dava para ver nas fotos, que sabiam de tudo antecipadamente, como eu estava acabado. Até cheguei a escrever algo parecido com um testamento em meu diário. Mas então alguém chegou na última hora, uma espécie de vigia de caça. E me mostrou o caminho.

Estás vendo, mano! Rezar às vezes ajuda.

Só a mim ninguém ajudou. Todo mundo longe. Jorsch, antes de começar o curso, só ficava com seus rapazes no porão, fazendo uma barulheira que chamavam de som. Além disso, Pat — quero dizer, antes de fazeres tua grande viagem ao norte — ficava só com sua Sonja, que usava vestidos longos que mais pareciam camisolas. É verdade, só tinhas botões na cabeça, além do que chamavas de tua nova família. Ora, tua noiva e sua filha, que usava vestidos surrados como os da mãe, cheios de rufos e topes. Nossa, que confusão! E Taddel, só ficava correndo fora de casa — aliás, por onde será que ele ainda está a essa hora? Já queria estar aqui há tempo — e tinha amigos que eram todos filhos de zeladores e também ficavam correndo por aí, fora de casa. Não havia desejo que adiantasse nessas circunstâncias, pois a velha Marie vinha bem mais raramente do que no passado, e quando vinha, só se a ouvia gemer "ora, ora, ora", porque ela sabia muito bem por que as coisas não estavam mais dando certo em termos de família. "Uma choldraboldra dessas", dizia ela. Pois nosso paizinho e nossa mamã só continuavam vivendo juntos por uma questão de hábito, e ambos desejando algo extremamente diferente. Ela se preocupava com seu rapaz, que bancava o desamparado, sempre com cara de que o mundo acabaria no dia seguinte, e meu paizinho só vinha a cada 14 dias, para uma visita, mas não se sentia mais muito bem no sótão, e ficava ora aqui, ora ali, até mesmo na cozinha parecia um estranho, porque no fundo vivia com outra mulher e por isso comprara uma casa no campo.

Ele sempre fazia isso quando sobrava alguma coisa de um livro novo.

Que dessa vez tratava da campanha eleitoral, mas também dos judeus, como são expulsos de sua cidade natal.

Nós aparecemos, os quatro, no livro da lesma. Tu, Lara, como ele, procura cabras contigo numa montanha, para que elas possam comer sal da mão de vocês.

E sobre Pat há até um poema, que soa um tanto triste, não, mas de algum jeito preocupado.

E sobre Taddel, que, quando era pequeno, emendava "lamentavelmente" a quase todas as palavras se pode ler como diz sentenças do tipo "Este é meu pai, lamentavelmente".

Quando ele me leu certa vez do livro da lesma, antes de estar pronto, até me pareceu bem empolgante como ele misturava diferentes tempos...

Ele já escrevia o livro antes de ter a nova mulher.

Que logo engravidou dele.

No começo foi tudo bem e conforme eles desejavam, ele me disse certa vez quando o visitei com meu Joggi no campo. Achei o lugar bem bonito. A nova mulher tinha duas filhas, ambas tão louras quanto a mãe. A região era tão rasa e tão baixa que por toda parte eram necessários diques. Os campos eram cortados por valas chamadas de gretas. E do dique dava para ver um rio. Havia até barcas de transporte de passageiros quando se vinha de Glücksstadt e se queria chegar ao povoado. E não muito longe se via, de outro dique, como o rio Stör desembocava no rio Elba. E nas margens do Elba se podia reconhecer quando havia maré baixa e quando havia maré alta. Vacas por toda parte e muito céu por cima delas. Para mim tudo aquilo era novo. Meu paizinho me deu um cavalo de presente mais tarde, que eu aliás desejara desde sempre. Como eu implorei por isso quando ainda éramos uma família de verdade, na cidade: "Por favor. Pode ser um bem pequeno. Só um pouquinho maior do que Joggi. Ele pode dormir do lado da minha cama." E a velha Marie, para me consolar, disse: "Pode fazer um pedido, Lara, minha filha!", e em seguida, uma vez que eu ficava assim tão infeliz entre vocês, meus irmãos, ela me fotografou com sua câmera mágica. Sempre murmurando palavras fora de moda, e pouco depois pôde me mostrar o que havia conseguido arrumar em sua câmara escura: em todas as fotos dava para ver como estou montada num cavalo de verdade e consigo galopar muito bem...

Está bem, Lara. Já conhecemos essa história.

Tudo aconteceu como com o teu Joggi...

E daí! De qualquer modo, o cavalo na foto era igualzinho ao cavalo que meu paizinho me deu de presente depois, quando já vivia com sua nova mulher no campo e no começo até parecia estar bem feliz. Ria muito. Parecia ser louco por ela, que era mais alta, com certeza meia cabeça mais alta do que ele, e sempre estava séria, de modo que nosso paizinho era obrigado a ficar fazendo piadinhas para que ela risse. Mas não durou muito, a felicidade. Pois ele e sua nova mulher brigavam demais. Sobretudo quando ela engravidou e estava no terceiro mês. Ora, tudo era motivo. Até mesmo uma máquina de lavar roupas virou assunto. E isso porque os dois desejavam um filho, a nossa Lena. Mas algo assim nosso paizinho não conhecia: brigas que não paravam.

Com nossa mãe isso não existia.

É verdade! Nunca vi os dois gritando de verdade um com o outro.

Não quando estávamos perto.

Quando eles não se falavam, não riam e não dançavam mais como loucos, ficaram em silêncio, coisa que era exatamente tão ruim quanto brigar.

Talvez até pior do que brigar, embora brigar já seja suficientemente ruim.

Talvez também não houvesse nada sobre o que brigar no final.

De qualquer modo, fiquei feliz por ter meu Joggi e agora tinha inclusive um cavalo, mesmo que só pudesse cavalgar nele às vezes, quando ia ao povoado. De resto, no entanto, Nacke ficava sempre na pastagem de um camponês, triste porque as duas filhas da nova mulher do paizinho não sabiam cavalgar.

Elas se chamam Mieke e Rieke.

No fundo uma pena só as vermos de quando em quando mais tarde, quando já éramos todos adultos.

Rieke vive nos Estados Unidos.

É casada com um japonês, e tem um filho com ele...

E Mieke tem duas filhas com um italiano...

De qualquer modo, eu estava com 13 ou quase com 14 anos quando ganhei um cavalo, que sei lá por que chamamos de Nacke. Mas de repente eu devo ter passado a me comportar de modo bem diferente do que antes, quando eu sempre era, como vocês dizem, tão séria. Comecei, sem motivo, a dar risadinhas, falava besteira. Mas Taddel — pena que ele ainda não tenha vindo — só me achava besta, porque eu me comportava de modo tão púbere. Por sorte eu tinha duas amigas, que também tinham a minha idade. Com elas dava para brincar um bocado. Uma delas se chamava Sani e era, o que dava para ver logo, meio etíope, e pelo lado do pai. A outra — vocês ainda se lembram? — se chamava Lilly e era meio tcheca, mas pelo lado da mãe. Até hoje somos amigas, mas nos vemos raramente. Na época, éramos muito unidas. E sempre que estávamos juntas, as três, havia algo do que rir. Só pro pobre do Taddel é que não, ele que — por que será que ele não vem, de uma vez por todas! — simplesmente tinha nojo de nós três. Mas a velha Marie quase delirava quando nos via. "Não acredito em meus olhos: as três graças!" Assim como nosso paizinho veio a dizer mais tarde para Lena, Nana e eu: "Minhas três graças", quando fez uma "viagem com as filhas" para a Itália e fomos olhar quadros com ele em vários museus, nos quais se podia ver às vezes três graças pintadas. E exatamente assim a velha Marie nos colocava, todas as três, diante de sua câmera, várias vezes...

No ateliê dela ou no sótão?

Ora, pouco importa!

Na maior parte das vezes na Kudamm, e além disso no Tiergarten. Mas depois, quando ia buscar as fotos na câmara escura, não usávamos mais nossos pulôveres desleixados, mas a cada vez vestíamos roupas diferentes. Exatamente como desejávamos: ora com perucas altas e saias de crinolina, ora severas como rainhas da Idade Média. Ora como freiras no mosteiro, ora como putas na zona. Numa das fotos todas as três tínhamos penteados de garoto como o que a velha Marie usava, e fumávamos cigarros com longas piteiras, exatamente do mesmo jeito que ela fazia quando estava de bom humor. E certa vez em que ela nos fotografou, e bem normais, usando jeans e nossos pulôveres desleixados, veio da câmara escura algo que também havíamos desejado em segredo: ou seja, estávamos nuas em pelo, mas de sapatos de salto alto, e andávamos pela Kudamm entre toda aquela gente que olhava para nós de olhos arregalados. Ora andávamos de salto alto uma atrás da outra, Sani na frente, ora de braços dados, lado a lado. Num instantâneo Lilly, que era mais talentosa em termos esportivos do que Sani e eu, plantava uma bananeira, nuazinha. E ela também sabia virar estrelas... Mas ninguém bateu palmas...

E vocês realmente desejavam algo assim?

Ora, por favor, Mariechen, faz um número de striptease conosco?

Em pensamentos, sim. Mas a velha Marie só nos mostrou as fotos — eram bem mais do que oito — bem rapidamente, e depois as rasgou, todas, por último aquelas em que estávamos vestidas como Eva, porque, conforme ela dizia, "ninguém podia ver uma coisa dessas", como nós andávamos por aí, nuas e de salto alto. Ela riu quando rasgou as fotos: "Que bom seria se eu fosse jovem como vocês três, suas pombinhas, tão jovens!" Mas nem sempre as coisas eram assim tão divertidas. Por muito tempo não foram. Mas não quero falar disso. Quando completei 16 anos, dei um basta no colégio. Queria ser ceramista. E paizinho também disse: "Tens mão para isso." Só faltava uma vaga num curso. Na cidade não havia nenhuma...

Finalmente, aí estás, Taddel!

Já não era sem tempo!

Estava bom, o teu gulache de carneiro...

... não sobrou nada.

Outra vez um estresse absoluto. Não pude vir antes. Em que pé vocês estão?

Logo depois da primeira choldraboldra, quando Pat já saiu de casa, Jorsch foi fazer seu curso técnico pouco depois, nosso paizinho se virava com a mãe de Lena, nada mais andava bem das pernas em termos de família, tu só ficavas vagabundeando por aí e eu só queria ser fotografada com minhas amiguinhas na Kudamm, porque nós...

Compreendo. A casa ficava cada vez mais vazia. Só eu acabei restando. E ninguém, nem minha mamãezinha, nem mesmo meu papaizinho, queria me explicar por que isso era assim, por que todos iam embora e tudo ficava diferente, uma merda e tanto, de modo que eu só ficava — como dizes, Lara — vagabundeando por aí com meu amigo Gottfried, onde pelo menos me era oferecido algo como uma família de reposição. E ninguém — eu já disse — queria me explicar por que as coisas não eram mais como antes na nossa casa...

Pat e Jorsch menos ainda. Os dois acabaram se mandando. Só a véia Mariechen é que me sussurrava algumas coisas em segredo, já que eu não descobria nada, sobre o que não andava mais na linha ou havia se quebrado entre meus pais: "É o amor, meu pequeno Taddel. Ele faz o que bem quer. Contra ele não há remédio que ajude. Ele vem e vai. E dói quando foi embora. Mas às vezes fica até a morte." E então ela falou de seu Hans, só dele...

Era o que Mariechen sempre fazia quando se aborrecia e não queria mais nem fumar, com sua longa piteira, os cigarros que ela mesma enrolava.

E quando ela falava de seu amor por seu Hans sempre vinha a frase: "Ele dura, ainda que nada mais haja para amar."

Eu — abobado como pareci a mim mesmo — implorava: "Bate uma foto, Mariechen, para ver o que vai acontecer com papaizinho e mamãezinha. Tua câmera com certeza é capaz de saber de uma coisa dessas..." Ainda que eu, conforme vocês sabem, nunca tenha acreditado de verdade que aquele troço da câmera pudesse ver mais do que havia a sua frente. Mas ela se negou. Não havia o que fazer. Nada de fotos. Nem de meu papaizinho e sua nova mulher, nem de nossa mamãezinha e seu amante. Alguns instantâneos, acho, nos quais se poderia ver quanto tempo aquilo tudo duraria, o amor e essas coisas. E se os dois, quando enfim estivessem cheios, ora, ele com a dele e ela com o dela, conseguiriam entrar nos eixos de novo e viver juntos como no passado, quando ainda falavam um com o outro, quando riam e dançavam, quando não havia nenhuma choldraboldra ainda... Mas a véia Mariechen não queria porque não queria fotografar. Eu já disse. De jeito nenhum. E quando ela, mesmo assim, fazia mira com sua câmera, bem longe, no campo, onde meu papaizinho vivia boa parte do tempo com a mãe de Lena, ou de nossa mamãezinha, quando estava sentada à mesa do café da manhã na cozinha com seu amante, com o qual eu não me entendia, ela mesmo assim não me mostrava nada do que saía de sua câmara escura... Sempre só dizia "ora, ora, ora" e "Assim são as coisas com o amor", quando eu perguntava algo. Mais do que isso eu não conseguia arrancar dela. Chorei muito na época. Porém só escondido. Lá em cima, no sótão, onde então só havia mais os livros de papaizinho, seu console de escrever em pé, suas bugigangas... E ninguém percebeu nada disso, nem tu, Lara, como eu chorava, porque... Só ficavas com tuas amiguinhas... Rindo por aí. E quando eu queria ir junto com vocês três para a cidade ou qualquer outro lugar por onde vocês andavam, vocês sempre diziam: "Taddel, tu só incomodas", ou: "Tu és pequeno demais para ir aonde nós vamos." Mas antes de a véia Marie ter rasgado todas aquelas fotos pornográficas que ela fez de vocês três e depois ampliou com seus truques na câmara escura, eu consegui ver cada uma delas, ainda que apenas por pouco tempo...

Não viste, não!

Vi, sim. Como vocês, todas as três...

A velha Marie jamais teria te mostrado uma só daquelas fotos...

Queres apostar? As oito e mais. Uma após a outra, como tu andavas com tuas amiguinhas, aquelas cabritas estúpidas, peladas da cabeça aos pés, pela Kudamm.

Para com isso, Taddel!

Primeiro chegar atrasado e depois ainda por cima ficar resmungando.

Só mais isso, depois calo a boca.

Prometido?

Palavra de honra. Pois num dos instantâneos se via vocês três nuas em pelo sentadas a uma mesa do café Kanzlereck, no meio da mulherada comendo torta, e a mulherada toda vestida, naturalmente...

Basta, Taddel!

E vocês com um potinho de sorvete nas mãos. Mas eu...

Chega, Jorsch! Desliga o gravador!

... só ficava vagabundeando por aí, não tinha a menor ideia sobre nada, chorava sem parar, porque sempre só me diziam: "Tu incomodas, Taddel! Agora chega, Taddel!" Só a véia Marie é que me sussurrava em segredo alguma coisa, porque nada mais era como antes...

Agora o pai não sabe o que fazer: apagar o que está escrito? Encontrar algo mais inocente para substituir o que foi dito e impedir que alguém fique magoado? Ou prolongar a briga? Ou insinuar, contra a vontade dos filhos, em orações subordinadas, qual é a erva que os dois fumam em segredo, até porque o cheiro... O que na verdade já deveria estar prescrito... Ou o que vocês acham disso, Pat e Jorsch?

Alguns dos filhos já lhe mostraram indignação antes, quando se tratava da "nova mulher de papaizinho" e do "amante de mamãe". Eles não queriam mais seguir suas palavras. A filha, os filhos se negaram a ser parceiros de suas histórias. "Deixe-nos fora disso!", eles exclamaram. "Mas", ele dissera, "as histórias de vocês também são minhas, tanto as divertidas quanto as tristes. Choldraboldras fazem parte da vida!"

E então ele teve de admitir que Mariechen, que estava presente com sua câmera inclusive quando algo acontecia à parte, picou os negativos das piores coisas, que poderiam continuar doendo ainda hoje, e que ela permitira que entrassem em sua câmara escura. "Burrice pura!", ela exclamava. "Minha câmera prefere desviar os olhos dessas coisas e se envergonha, ela sabe muito bem se envergonhar..."

Agora o pai insuficientemente espera que os filhos sejam capazes de compreender. Pois nem eles podem apagar a vida dele, nem ele pode apagar a deles, simplesmente apagar como se não tivessem sido vividas...

Diz qual é o teu desejo

Depois de passado tanto tempo, as lágrimas continuam não querendo secar. "Dói", diz Nana, e sorri contrariando a tristeza. Taddel é pontual desta vez e parece, o que foi anunciado em voz alta, "ter ainda algo importante a dizer". Jasper e Paulchen chegarão mais tarde, mas querem participar assim que chegar sua vez. E Pat e Jorsch, dos quais não se trata mais, decidiram, diz Jorsch, "ficar de bico calado por enquanto".

Mas então Pat faz questão de contribuir com mais uma palavrinha, ao que Jorsch de repente passa a duvidar da existência efetiva da Agfa-Especial. Ele pede que pensem se a velha Marie no ano de 1936, portanto exatamente na época das Olimpíadas, não poderia ter comprado uma caixa Agfa-Trolix com gabinete de baquelite, que chegava por nove marcos imperiais e cinquenta fênigues ao mercado e vendia como água, mas logo depois não consegue se lembrar de nenhuma característica especial, por exemplo das quinas arredondadas da referida câmera: "Talvez ela tenha ficado realmente na Agfa-Especial..."

Na casa de enxaimel nas proximidades de Kassel as vigas estalam, e também estalam as escadas e o assoalho. Mas não há ninguém que possa recuperar a imagem de sua vida anterior. Lá fora, o verão decidiu se tornar chuvoso. Mas ninguém fala disso, só de dois dos cinco frangos que a marta acabou pegando há pouco.

Todos se encontraram na casa de Lara. Os três filhos mais velhos dela, do primeiro casamento, já saíram de casa, tentam se tornar adultos, os dois menores já estão dormindo. O marido quer se manter longe daquilo que chama de "lavar a roupa suja da família", e por isso está sentado na sala contígua, e provavelmente concentrado em suas colmeias: em vidros com tampas de lata há mel de colza. Um presente para os irmãos em visita.

Pouco antes se comeu um ensopado substancioso em pratos fundos: carne de gado com feijão-verde e batatas, tudo cozido numa só panela. Ainda há cerveja e suco na mesa. Nana quer apenas ouvir: "Só passei a fazer parte de tudo mais tarde mesmo." Por isso, Lena, que acaba de noticiar seus compromissos no teatro, e a passagem de uma relação amorosa antes frágil que estável, fazendo gestos como se estivesse sobre o palco, parecendo engraçada em sua fala fingidamente dialógica, foi animada por todos a "abrir enfim seu baú". Ela não hesita, testa o microfone de mesa, diz, "Alô, alô, som, agora quem fala é Lena" e mete bronca.

Deve ter sido como no cinema. Mas lamentavelmente era um filme ruim, ainda que a história tenha lá sua importância, e até mesmo se mostre extremamente quente em alguns momentos. Pois se pode muito bem admitir: foi amor, e um grande amor inclusive, motivo pelo qual os dois pensavam não poder se separar. Meu papá ainda hoje fala em paixão. Mas quando eu mal havia aprendido a andar, ele já se mandara de novo. Por isso sei apenas o que minhas irmãs, que tinham outro pai, que lamentavelmente também se mandara, me contaram, Mieke, que sempre foi tida como bem razoável, mais do que Rieke, a outra. As duas gostavam do meu pai, mesmo quando ele cozinhava coisas — rins de porco picados em molho de mostarda, por exemplo — que Mieke, que de resto comia tudo, achava extremamente nojentas. Ainda assim deve ter sido bonito com ele naquela casa grande, que ele comprara especialmente para nós, e que minha mamã, como arquiteta que era, reformou do piso ao teto mostrando todo seu amor, seu conhecimento e sua fidelidade ao detalhe, e fazendo com que ela parecesse como era antigamente, a ponto de com certeza ser bem adequada para as tomadas internas digamos de um filme baseado em Storm, *O homem do cavalo branco*. A casa se chamava "Prebostado da Paróquia" ou "Casa da família Junge", porque há algumas centenas de anos, quando foi construída, toda a região pertencia ao domínio dinamarquês e os dinamarqueses instituíram um preboste de paróquia, e, porque anos mais tarde o construtor de navios Junge morava na casa, por fim apenas ainda sua filha Alma, da qual se dizia no povoado — foi Mieke quem me contou tudo — que continuava aparecendo como um fantasma no sótão e na despensa. De qualquer modo, pelo que ouvi, meu papá ficava sempre sentado na sala grande do primeiro andar, cinzelando suas coisas esquisitas em chapas de cobre liso. Por exemplo a boneca estragada de minha irmã Rieke, como ela cai de uma barriga de peixe aberta, abre as pernas tanto quanto dá e olha para o vazio, surpresa. Ou continuava escrevendo, sempre escrevendo seu novo livro que, como vocês sabem muito bem, trata de um peixe falante, mas lamentavelmente sem conseguir terminá-lo, porque o amor acabou nele, ou na minha mamã ou então nos dois ao mesmo tempo bem de repente, ou no princípio bem devagar, mas então de um modo violento ao extremo, ou acabou ou se tornou grande demais, e por isso alguma coisa escapou pelas beiradas... Uma pena...

Isso acontece em toda parte.

Comigo, com Lara do mesmo jeito, e contigo também...

Mas esses rompimentos são ruins, de qualquer modo, sobretudo quando crianças são atingidas, não é verdade, Lena?

Eu fui quem mais sofreu com isso...

Eu por acaso não?

Com certeza, tu também, Taddel. Mas hoje eu digo cá comigo: não! Vou passar um apagador nisso tudo. Sobrevivi. E vocês também. Prefiro que falemos da casa velha. Acho que ainda consigo me lembrar dos ladrilhos do piso na sala grande, talvez porque engatinhei pelos ladrilhos ou dei neles os meus primeiros passos. Eram esmaltados em amarelo e verde e no lugar em que a pesada mesa do preboste da paróquia tivera seu lugar um dia, em torno da qual os anciãos do povoado se sentavam há mais de duzentos anos, os ladrilhos estavam tão marcados pelos passos em torno que só se manteve um pouco do esmalte colorido. Meu papá, que sempre foi apaixonado por casas velhas, teria dito a Mieke e Rieke: "Aqui, em torno dessa mesa, foi fumado algum cachimbo e discutida muita coisa que precisava ser feita com urgência: levantar ou reformar diques, porque a enchente sempre ameaçava e acabava afogando muitas pessoas e animais de um jeito lamentável." E então ele ainda teria enumerado o que os camponeses das terras férteis próximas ao mar e os pescadores do Elba eram obrigados a pagar aos dinamarqueses na época, os impostos altos ao extremo e os bens em espécie como cereais, presunto e arenque salgado que eram obrigados a entregar. Mas lamentavelmente não consigo me lembrar quando foi que tu, Lara, vieste nos visitar com teu cachorrinho. Também não me ocorre nada daquilo que Mieke e Rieke me contaram mais tarde, como meu papá comprou, de um cigano de verdade, um cavalo que já estava com três anos para Lara, mas com certeza também um pouco para nós, fechando o negócio com um simples aperto de mão. Mas Mieke, minha irmã mais velha, não queria cavalgar. Não! De jeito nenhum. E assim o cavalo, quando Lara não vinha nos visitar, lamentavelmente ficava parado no estábulo ou no campo de um lavrador, sempre triste. Ou por acaso vocês pensam que cavalos não ficam tristes? Pois então! Eu só aprendi a cavalgar bem mais tarde, quando o grande amor entre minha mamã e meu papá já havia acabado há tempo e nós morávamos na cidade. Mas como no passado tu, Lara, eu de repente fiquei louca por cavalos, coisa que, aliás, dizem ser típica de meninas de certa idade. Mas por favor não me perguntem por quê. Deve ter sido por isso que mais tarde eu gostava de passar as férias numa chácara de pôneis, exatamente como Taddel. Mas tu não ias para lá para cavalgar, porque no fundo tinhas um medo terrível de cavalos, mas sim para cuidar de nós, os assim chamados menores. Oh! Tinhas uma língua e tanto...

E daí...

Eras bem severo conosco. Não paravas de mandar: "Todos de ouvidos bem abertos! Quem está falando agora é Taddel!"

Afinal de contas eu era responsável por vocês, as franguinhas.

Éramos obrigadas a seguir as ordens à risca e, bem cedo pela manhã, quando todos ainda estavam meio dormindo, gritar em coro: "Bom dia, Taddel!"

E de fato saíam bem rapidinho da cama, os docinhos.

Pois é, são recordações. Mas da velha casa ainda me lembro de outra coisa, da antiga loja que havia logo depois da porta de entrada, que sempre — mas isso vocês conhecem — tocava um sino quando era aberta ou fechada. E dentro da loja, que lamentavelmente já não funcionava mais, havia um balcão todo de madeira. Atrás do balcão dava para puxar centenas de gavetas, todas elas pintadas em dourado e nas quais plaquetas esmaltadas na parte da frente assinalavam o que havia estocado nas gavetas antes de a loja ser fechada: açúcar-cândi, quirera, pó para purê de batatas, sal de chifres de veado, cevadinha, canela, feijões-vermelhos e sei lá mais o quê. E uma vez que minhas irmãs brincavam comigo com frequência no lugar, a velha Marie de vocês, que às vezes acompanhava meu pai quando vinha até nós a cada duas semanas e quase sempre ficava por duas semanas, teria batido fotos de Mieke, Rieke e eu, com, para mim um pouco mais tarde, a misteriosa câmera que sempre trazia consigo. Nelas nós estaríamos, conforme se pôde ver na visita seguinte, quando ela trouxe as ampliações, bem estranhas e de algum modo parecendo um tanto fabulosas. Como se tivéssemos saído direto de um livro de contos de fadas. Usando aventais e longas meias de lã. Com laços no cabelo e de sapatos de pau, nós, as crianças, estávamos diante do balcão, com catarro no nariz. E atrás do balcão havia uma velha senhora nas fotos, cujos cabelos brancos eram trançados num coque, no qual havia agulhas de tricô enfiadas. Dizem que se podia ver com nitidez como Alma Junge — sim, era ela —, da qual se dizia no povoado que perambulava como um fantasma no sótão e na despensa, vendia açúcar-cândi e palitos gigantescamente longos de alcaçuz a minhas irmãs Rieke e Mieke, mas também a mim, por menor que eu fosse. Dava para ver como nós três chupávamos os longos e ondulados palitos de alcaçuz. Devíamos estar muito bonitinhas. Talvez se deva a isso o fato de eu ainda hoje ser louca por bombons de alcaçuz...

Assim como eu gosto como um doido de Nutella, porque nossa faxineira, quando eu me sentia mal...

Nada disso, Taddel, agora é minha vez. Mas minha mamã, que não chegou a ver as fotos da Mariechen de vocês, teria, quando Rieke, a língua de trapo, contou a respeito a ela, virado fera e xingado terrivelmente: "Mas não é possível! Pura bobagem, crendice das mais tolas! Histórias de fantasmas!" Pois é, entre minha mamã e a velha Marie de vocês a coisa teria pegado fogo um bocado de vezes, porque meu papá ficava sempre sentado junto dela, e ela só respeitava o que ele dizia, e também porque ele chegou a se mostrar verdadeiramente dependente de sua Mariechen e sua câmera, com a qual ela fazia fotos exclusivas para ele, que ele supostamente precisava para seus livros, ora, vocês já sabem: fotos da Idade da Pedra, da migração dos povos, da Idade Média e assim por diante ao longo dos séculos até na confusão do presente, sendo que ele, em sua inclinação típica a fantasias masculinas, para cada "intervalo de tempo", como ele o chamava, imaginava sempre novas mulheres e aquelas histórias de mulheres tão típicas dele, até não conseguir mais seguir adiante, porque simplesmente não conseguia terminar.

Mas no futuro acabou virando um best seller...

E por algum tempo o pessoal do jornal até o deixou em paz...

Só algumas feministas emancipadas resmungaram, porque...

Deixem Lena contar, porque *O linguado* não podia ser concluído.

Ora, porque entre meu papá e minha mamã, por mais que eles tenham se amado apaixonadamente, passaram a existir cada vez mais problemas e posições extremamente opostas. A coisa deve ter ficado bem feia entre eles. E nisso o amor ficava cada vez mais prejudicado, motivo pelo qual meu papá se mandou certo dia com seu manuscrito inconcluso debaixo do braço, simplesmente foi embora, e lamentavelmente não voltou mais para nós. Não sei quem foi o maior culpado nisso tudo. Nada disso! Nem quero saber quem foi. Não vai adiantar de nada mesmo, ficar perguntando de quem foi a culpa. Mas às vezes, Lara, eu me pergunto ainda assim: talvez estivesse na natureza de minha mamã considerar brigas não algo ruim, mas sim natural, enquanto meu papá não era capaz de suportar qualquer briga, pelo menos não em casa, onde ele precisava incondicionalmente de tranquilidade e sempre teria bancado o carente de harmonia. É claro que lamento pelos dois, mesmo que tenha experimentado várias vezes que o amor raramente é algo duradouro, e hoje me apresente em peças nas quais ligações que parecem fortes sempre acabam se rompendo. O teatro vive de crises, o que se pode fazer, da assim chamada guerra dos sexos...

105

Assunto no qual nosso Pat é doutor, não é verdade, mano?

Exatamente como Lara...

Não é isso que estamos discutindo! Só o que tem a ver com nós, os filhos...

Vamos, Lara, anda! Agora é tua vez.

Nem sei por onde começar em meio a toda essa confusão ou choldraboldra, como dizia a velha Marie, quando nosso paizinho começou a vir com frequência cada vez maior até que por fim voltou definitivamente, com o rabo entre as pernas, coisa que por certo não deixou nossa mãe eufórica, dizendo: "Olá, aqui estou de novo!" E logo começou a se arranjar no sótão, mais ou menos como antes, só que desta vez apenas provisoriamente. Era triste ver como ele ficava sentado lá em cima, folheando sua pilha de papéis. E a coisa também não andou bem por muito tempo, porque nossa mãe vivia embaixo com seu rapaz, a quem nosso paizinho havia ajudado a fugir do bloco oriental, direto da Romênia, e que agora era o amante dela... Embora a casa tivesse sido suficientemente espaçosa para todos, pois Pat já morava há tempo com sua namorada e filho, e Jorsch na maior parte das vezes ficava trancado no porão, mas logo acabou indo a Colônia, onde nosso paizinho providenciou uma vaga de estagiário para ele. Só havíamos restado Taddel e eu. Mas Taddel ficava por aí com seus amigos, e, acho que por protesto, só corria de cadarços desatados pelos arredores. Era assim mesmo. As coisas estavam difíceis. Todos debaixo do mesmo teto, ainda que meu paizinho sempre tivesse uma frase feita à mão, na qual ele possivelmente acreditasse, ele mesmo: "Não se preocupem comigo. Fico bem quietinho no meu canto, aqui em cima. Preciso terminar algo. Não vai demorar muito..."

Era bom que ele estivesse trabalhando em algo.

Do contrário talvez tivesse pirado.

Mas ele poderia ter voltado por causa de Lena, não?

Nada disso, a coisa chegara ao fim. Além disso, não sei se minha mãe teria superado tudo isso assim tão simplesmente: olá, aqui estás de novo!

Mas talvez sim, Lena. Pois certa vez tua mãe veio nos visitar sem te trazer consigo, para, conforme ela teria dito, conversar a fundo com nossa mãe, de mulher para mulher. E, imaginem: nosso paizinho inclusive, coisa que há tempo não fizera mais, preparou um prato à base de peixe para as duas e para ele, mas também para a velha Marie, que estava ali como reforço para defendê-lo. Pois tua mãe e minha mãe só trataram dele e dos problemas dele, ora, que ele no fundo era até bem simpático, "cuidadoso", as duas disseram, mas lamentavelmente tinha um complexo de mãe ou algo do tipo em excesso. E que era preciso — foi assim que a velha Marie me contou tudo mais tarde — fazer alguma coisa com urgência contra isso, para botar um fim em tudo isso de uma vez por todas: seu comportamento complexado, suas fugas e seu horror a conflitos e assim por diante. Mas meu paizinho teria batido pé, se recusando a aceitar o que elas diziam. Não queria ir para onde elas o mandavam...

Mas mesmo assim se poderia pensar que elas tinham lá sua razão.

Elas devem tê-lo atacado de jeito, as mulheres fortes dele...

... e a duas vozes.

Pobrezinho!

Ora essa! Quer dizer então que vocês agora, ainda por cima, sentem pena dele...

No princípio ele ficou apenas ouvindo, mas em seguida teria gritado "Vocês não vão conseguir me botar no divã, podem esquecer!", se mostrando bem impertinente, de modo que as duas mulheres até estremeceram quando ele gritou: "Com meu complexo de mãe vou lucrar apenas eu!" E em seguida, uma vez que as mulheres ainda ficavam em silêncio por algum tempo ou ocupadas com espinhas de peixe, largou uma ainda mais forte: "E na minha lápide vai estar inscrito, 'Aqui jaz, sem que seu complexo de mãe tenha sido tratado.'" Mas no fundo, Lena, tua mãe queria apenas, coisa que aliás é fácil de ser compreendida, tê-lo de volta para ela, no campo, junto com vocês. E nossa mãe com certeza não teria nada contra isso, porque meu paizinho, mesmo que ficasse bem quietinho em seu sótão, perturbava, até porque ela tinha problemas suficientes com seu rapaz, que, em termos de caráter, também não era dos mais fáceis. De qualquer modo, a velha Marie conseguiu, enquanto as duas mulheres ainda discutiam o complexo de mãe de nosso paizinho sem dar atenção a ele, bater algumas fotos, "bem rapidinho", conforme ela disse, "da quina da mesa". Mas o que saiu disso em sua câmara escura, ela não mostrou a ninguém.

Dá apenas para adivinhar, o que foi que...

Querem apostar que nosso papaizinho estava esticado num divã, e ao lado dele podia ser reconhecido, em sua cadeira, o psiquiatra, que não era ninguém mais, ninguém menos que o amante de mamãe?

Claro, ele começara a estudar algo assim...

.... e por isso tentou — na foto, quero dizer — fazer meu papaizinho falar, ora, do mesmo jeito que já quando era garoto vivia contando histórias mentirosas a sua mãe...

Coisa que ainda hoje é o que ele mais gosta de fazer.

Só um momento, agora me lembro com exatidão do que foi que nosso paizinho cozinhou para a tua e para a minha mãe: foi um linguado, estufado com funcho. E seu livro, para o qual ele estava longe de encontrar um fim, acabou recebendo o título do peixe que ele estufou...

E no livro há algo que tem a ver, ora, com duas, por primeiro, depois cada vez mais mulheres discutem um homem, e, enquanto isso...

De qualquer modo, ele ficava sentado lá em cima ou diante de seu console de escrever em pé, datilografando em sua Olivetti, mesmo que por algum tempo se dissesse: "Até que enfim! Agora ele finalmente vai procurar uma casa." Mas nisso eu e meu irmãozinho menor, mesmo que brigássemos muito — não é verdade, Taddel? — concordávamos quase em tudo: "Ora, ele não incomoda ninguém ficando sentado lá em cima." E à minha mãe eu disse: "Se o paizinho tiver que ir, eu vou também."

Não me lembro mais. Sei apenas que o ar estava pesado. E que em algum momento a mãe de Lena se mudou com suas filhas da casa no povoado de volta para a cidade. É verdade, na época eu corria por aí de cadarços desamarrados, e às vezes pisava em cima deles e caía na lama na praça Perels ou em outro lugar. Gritava "Merda! Merda!". Só tinha vontade de me mandar, de ir embora. Ninguém se importava comigo. Só na casa de meu amigo Gottfried, filho do zelador, que ficava na esquina, é que eu me sentia mais ou menos. E nossa faxineira às vezes preparava fatias de pão com Nutella para mim. Nem mesmo a véia Marie poderia me ajudar. Sempre só ficava suspirando "Ora, ora, ora", mas tirar uma foto de mim com a câmera já meio detonada dela, nem pensar. "Uma choldraboldra dessas nem mesmo a minha câmera aguenta. Simplesmente se recusa", dizia ela. E meu papaizinho, quando não estava se aborrecendo sozinho lá em cima, supostamente se encontrava sempre à procura de uma casa adequada. Não a encontrou, mas em compensação uma nova mulher e, mais tarde, supostamente numa festa de aniversário, mais outra, que então acabou sendo enfim a certa para ele...

Mariechen deve ter se alegrado muito.

Exatamente, mano! Porque já na época em que o muro foi construído ela achava que aquele tipo de mulher era o certo...

... e só por isso ficara parada, atendendo o pedido de papai, no Checkpoint Charlie, com sua câmera, quando a loura de cabelos encaracolados com passaporte sueco falso...

... e um italiano como ajudante de fuga...

... e tudo num Alfa Romeo...

Vocês estão completamente doidos, os dois. Além disso, estava longe de ser verdade. De quando em quando, ora, quando meu pai não estava com esta ou com aquela mulher, ele podia ir te buscar e buscar a pequena Lena na casa de sua mãe para passear durante duas horas. Eras uma coisinha muito fofa com teus olhos de camundongo. Tinhas uma voz bem clara e pipilante e gostavas de cantar ou de chorar. Ficavas sentada com meu papaizinho lá em cima, brincando com botões, que eu ia buscar especialmente para ti na loja de botões de Pat, a fim de que houvesse algo colorido para poderes brincar, enquanto meu papaizinho continuava enchendo folhas e folhas de papel com seus rabiscos, porque enfim queria terminar seu livro. Pois brincar contigo, Lena, ele não conseguia.

Conosco ele também nunca brincou direito quando éramos crianças.

Pode acreditar, Lena.

Tu também, Nana. Ou por acaso ele brincou contigo?

Mas do livro que não chegava ao fim ele contava, como ele falaria de um peixe em termos típicos de fábula, um peixe que sabia falar, e da mulher do pescador que sempre queria ter mais e mais...

Claro, contar histórias ele sabia...

... mas de brincar com seus filhos como outros pais ele não tinha vontade.

E daí? Simplesmente não era um desses pais de brincar.

De qualquer modo, em algum momento a casa foi dividida.

Mas apenas quando ele já tinha a mãe de Jasper e Paulchen toda para ele, ela que era, e Mariechen soubera disso de antemão, a certa para ele.

Só que no meio ainda teve outra coisa, da qual ficamos sabendo apenas mais tarde, bem mais tarde.

Será que é preciso mesmo que falemos...

Na época não percebemos nada, juro, Nana. Me refiro à história entre nosso pai e tua mãe.

Já teria começado bem antes de a casa ter sido dividida.

Entre uma e a próxima, ainda outra no meio...

O velho realmente não batia muito bem da bola!

Precisas compreender isso, Taddel, ainda que seja difícil. Os dois, me refiro agora à mãe de Nana e nosso paizinho, estavam carentes, cada um a sua maneira. E assim, apenas em termos de carência, os dois acabaram se aproximando, se aproximando cada vez mais.

Quer dizer que o resultado de tanta carência sou eu?

Isso também é amor!

Quando se olha para ti, Nana, se vê que tudo deu certo, da cabeça aos pés...

Todos te amam!

Não precisas mais chorar... Isso mesmo!

De qualquer modo a casa, e apenas porque eu dissera que se papai tivesse que sair eu iria junto, simplesmente foi dividida. Ele recebeu a parte menor à esquerda da escada e sua caverna na parte de cima. Além disso, a despensa, que usou como cozinha, e abaixo dela o quarto com ducha, que antes havia sido quarto do casal, e seu escritório, no qual ficava a secretária que datilografava suas cartas. Por certo era a melhor solução. Mas minhas amigas fizeram troça: "É terrível! Como o muro de Berlim, atravessando a casa. Faltou apenas o arame farpado."

111

E na parte que coube a nós foi instalada uma escada em caracol que levava aos quartos, na parte de cima.

Não deve ter havido outro jeito, e a princípio deveria ser bem compreensível, porque a mãe de vocês não queria ser incomodada com seu jovem namorado depois de toda essa confusão, afinal de contas ela o amava...

Era isso mesmo. Mas então ele começou a ficar sentado ali onde no passado meu pai ficava sentado na cozinha, quando preparava para nós quartos de carneiro inteiros com alho e folhas de sálvia. E no nosso Peugeot agora era ele que ficava sentado ao lado de minha mamã, sempre no volante porque ele, exatamente como meu papaizinho, não tinha carteira de motorista...

Como prêmio de consolação, nosso paizinho acabou recebendo também o jardim do pátio interno, que no entanto havia sido tomado pela erva daninha.

Ainda me lembro como olhávamos pela janela da cozinha, enquanto ele revolvia o jardim inteiro sozinho com a enxada...

Me assustei de verdade quando o vimos suando daquele jeito, pois ele não tinha prática nos trabalhos de jardinagem. Depois ainda mandou trazer um montão de terra preta e levou toda ela com o carrinho de mão pelo corredor até a parte de trás do prédio. Teus amigos, Gottfried e um outro, o ajudaram nisso. E ao capinar ele encontrou todos os modelos de carrinhos que havias roubado de teus irmãos no passado apenas para enterrá-los.

E então foi a pequena Lena que deveria se divertir com os carrinhos desenterrados, mas tu preferias brincar com os botões coloridos de Pat... Ou revezar cantorias com choros...

No começo eu pensava: agora ele endoideceu de verdade, porque nunca fizera algo assim, trabalhos de jardinagem e coisa e tal. Mas talvez eu também tenha pensado: olha só como ele despeja sua raiva. Ou fica cavando por alegria, porque enfim encontrou uma mulher junto da qual pode terminar de escrever seu livro. Pois isso sempre foi para ele a coisa mais importante. E quando então ainda chegou a velha Marie, e com sua câmera dos desejos fotografou por todos os lados o nosso paizinho escavando o jardim, eu pensei, agora vamos ver o que acontecerá com ele no futuro: com uma ou com a outra mulher. Mas ela jamais nos mostrou uma só daquelas fotos. E quando eu perguntava por elas, ela se limitava a dizer: "Pode continuar tentando e pensando o que quiseres, boneca! Isso é e vai continuar sendo um segredo da minha câmara escura."

E em algum momento veio a separação.

Mas nenhum de nós ficou sabendo ao certo, porque os dois fizeram tudo do jeito deles, em silêncio...

Parece que alguns advogados estiveram presentes e — é claro! — Mariechen, que sempre estava presente quando acontecia algo especial com papai.

Só mais tarde fiquei sabendo que tudo foi dividido pela metade, na mais completa harmonia...

Pelo menos não houve brigas ou coisa do tipo.

É, os dois não brigavam nunca.

Às vezes eu chegava a pensar: pouco importa do que se tratasse, mas eles deveriam brigar fazendo estardalhaço de verdade pelo menos uma vez, jogando pratos e essas coisas. Se fosse assim, talvez ainda hoje continuassem...

Só que nesse caso nós não existiríamos, Nana e eu.

Teve de ser, a separação, porque papai queria necessariamente...

E foi então — e agora prestem atenção! —, quando ele e sua nova mulher já viviam no campo com Jasper e Paulchen, e justamente na velha casa na qual ele por algum tempo vivera antes com a mãe de Lena e com Mieke e Rieke, as meias-irmãs de Lena, e onde festejou o novo casamento com pompa e circunstância, chamando vários convidados, que tua mãe te botou nesse mundo doido, pequena Nana...

E a velha Marie mais uma vez passou a ter motivos para falar de choldraboldra.

E sempre só se ficava sabendo das coisas, se é que se ficava sabendo, apenas mais tarde, aos pouquinhos...

Talvez ainda existam outros filhos por aí...

Não, eu não achei nem um pouquinho bom que papai só bem mais tarde me confessasse que eu tinha uma irmãzinha chamada Nana...

... na Sicília, por exemplo, onde ele, quando ainda era jovem...

Porque queria me poupar, segundo disse...

... do que aliás nem a câmera de Mariechen tinha a menor noção.

Só bem devagar é que fui compreender quantos filhos havia além de mim, coisa que a princípio era boa, pois do contrário eu teria crescido sem irmãos e com certeza sentiria a solidão muito mais, mas assim...

Quer dizer então que não foi tão ruim assim o que nosso papaizinho fez ou o quê?

Isso mesmo, que importa! Alguns a mais ou a menos...

E agora Jasper e Paulchen também faziam parte.

Vocês estão chegando bem na hora. Acabamos de começar a falar de vocês, na planura do campo.

Entendo. Até se pode ver as coisas assim, e inclusive acho bom o jeito como vocês lidam com isso. De qualquer modo, eu, quando Taddel veio morar conosco no povoado, não era mais o mais velho.

Mas eu chorei, pelo que disseram, quando Taddel me disse: "A mãe de vocês agora também está separada e pode se casar com meu papaizinho."

Mas não apenas Paulchen, também eu teria chorado muito na época. Vivia me lamentando, de modo que Mieke e Rieke tinham de me consolar...

114

Acontecia mais ou menos a mesma coisa comigo, só que eu tinha um pai substituto que, embora visitasse minha mãezinha com pouca regularidade, mas sempre estava presente quando eu, porque logo chegaria o Natal ou meu aniversário, ficava bem triste e no fundo só queria chorar, aliás como já estou querendo chorar agora de novo, mas apenas porque Lena e Paulchen também choravam e as lágrimas sempre me chegavam bem rápido...

E olha só elas aqui de novo!

E tudo porque nosso pobre paizinho teve de procurar por tanto tempo...

Não devo estar ouvindo direito. Peninha dele de novo!

Tens razão, Lena. Eu também me aborreci bastante na época, pelo menos por algum tempo, mesmo que nem de longe fosse entediante o que se passava por ali, em família, quero dizer. Mas que importa, eu dizia com meus botões. De qualquer modo, ele sempre se metia com mulheres fortes, todas as quatro ou até mesmo cinco, se Mariechen for incluída. Bem mais tarde, quando ela mais parecia um risco de tão magra, dando a impressão até de que poderia ser mandada para longe com um sopro, ou, como papai dizia, "nossa Mariechen agora não dá mais, toda junta, do que uma mãozinha masúria bem cheia", ela me mostrou uma pilha de fotos nas quais podiam ser vistas todas as mulheres, cada uma delas individualmente, mas todas fortes, cada uma a seu modo especial. Eu já produzia ecologicamente na época, em uma chácara da Baixa Saxônia, e atuava politicamente no Partido Verde. E então, quando consegui folga por alguns dias, fiz uma visita breve à nossa Mariechen em seu ateliê em Berlim, onde ela agora vivia se alimentando apenas de batatas cozidas na casca e arenque azedo. Não estava bem, mas se alegrou com minha visita e disse: "Cuidado, Pat, agora vou te mostrar uma coisa que vai te deixar de olhos arregalados!" Em seguida desapareceu em sua câmara escura, e eu esperei, ainda que no fundo quisesse me mandar havia tempo para encontrar meus amigos em Berlim Oriental, porque lá... Mas quando ela saiu de sua câmara escura, eu de fato arregalei os olhos. Um pacote inteiro de ampliações, todas seis por nove, e em todas elas dava para ver o que as mulheres de papai possivelmente desejavam. Mas deve ter sido muito mais ele que desejava que suas mulheres fossem assim, cada uma delas forte a sua maneira. De qualquer modo, nas primeiras fotos do pacote pude reconhecer nosso pai e minha mãe quando ainda eram jovens. É claro que eles dançavam nas fotos, mas não num piso normal ou num gramado ou em outro solo estável, não... Eles dançavam sobre nuvens de algodão. Parecia tango ou algo parecido, que deixava os dançarinos inclinados...

Quem sabe se não era rock'n'roll...

O que eles mais gostavam era de dançar um blues na pista...

... sempre que uma banda de dixie tocava.

"Bati essas fotos quando os dois se separaram", disse Mariechen. "Fotos de casamento todo mundo pode fazer, mas uma foto de separação divertida como essa daqui, com um olhar retroativo, que contemple os tempos passados, quando tudo era mais fácil e os dois pensavam, voando de tanto amor e felicidade, poder dançar sobre nuvens, algo assim, só a minha câmera consegue. Ela se recorda de tudo, até mesmo de prendedores de cabelo — estás vendo, aqui! —, perdidos durante a dança." Então ela, como sempre fazia quando estava com raiva, fechou a cara e disse: "Nem mostrei aos dois a dança nas nuvens. Estavam separados e não queriam mais saber um do outro." Pois é, não tenho tanta certeza se papai e mamãe realmente não queriam mais saber um do outro. Mas o que importa! A vida segue adiante. Nas fotos seguintes do pacote que Mariechen trouxe da câmara escura, podia ser visto algo que parecia um filme mudo. Ou antes uma cena de um faroeste. Papai se apoiava, com uma faixa ensanguentada na cabeça, à borda de um carro, um desses carros típicos com lona, nos quais os colonizadores iam em busca de novas terras — Go West! —, sempre adiante. Parecia morto com sua boca aberta. E ao lado dele estava, ereta, já alta e loura com uma espingarda diante do peito — sem mentira! — a mãe de Lena com seus cabelos ao vento. Ela forçava os olhos como se estivesse examinando a pradaria até o horizonte em busca de índios, possivelmente comanches...

Nada disso! Não acredito. Minha mãe, que saltava bem rápido à cadeira mais próxima quando o menor dos camundongos aparecia num canto, com certeza não...

Mas era ela. Estava parada ali como se fosse o último homem. E debaixo da lona do carro espiavam, amedrontadas, suas filhas, Mieke e Rieke, e entre elas tu, a pequena Lena. Todas as três tinham coifas fora de moda na cabeça. Mas mesmo assim dava para ver que vocês eram louras como palha, iguaizinhas à mãe, Lena um pouco mais escura, porque... E no primeiro plano havia pelo menos cinco índios mortos nas fotos. Pois é, talvez tua mãe fosse mesmo capaz disso. Papai por certo poderia encarar tudo com ela, mas não queria. E Mariechen disse, depois de ter ajeitado mais uma vez as fotos com o ataque dos índios e botado de volta ao pacote: "O pai de vocês seria capaz até de roubar com aquela ali. Mas fazia questão de comprar os cavalos. E foi o que acabou fazendo."

Apenas um para Lara. Dizem que era coisa bonita te ver cavalgando Nacke através do povoado...

E meu Joggi, sempre obediente, atrás de nós...

Mas isso vocês podem acreditar, tu também, Nana. Na terceira série do pacote de fotos a coisa era ainda mais doida. Por causa disso, vocês certamente iriam admirar nosso pai: com um gorro de marujo na cabeça. Parecia um revolucionário dos tempos do onça. E ao lado dele estava parada, sorrindo e de cabelos desgrenhados, tua mãezinha. Sem mentira: ela e ele. E nem sequer um rastro de tristeza. Mostravam todos os dentes ao rir. Ambos em pé atrás de uma barricada. Pareciam estar achando tudo aquilo muito divertido. Tinham cinturões carregados de cartuchos em torno dos pescoços e uma metralhadora da Primeira Guerra Mundial, com a qual também faziam mira e possivelmente disparavam em outra foto. E, à esquerda deles, tremulava uma bandeira, acho que era uma vermelha. Eram fotos em preto e branco as que Mariechen me mostrava. "Aqui, em Berlim, aconteceu algo parecido nos tempos da revolução", disse ela. "Não acredito", disse eu. Ninguém, nem mesmo uma mulher forte como a mãe de Nana teria conseguido levar nosso pai a uma barricada. Ele jamais se meteu nessas coisas de revolução. Era sempre e apenas um reformista. E então Mariechen deu uma risadinha: "Mas talvez a mãe de Nana, a irmãzinha de vocês, tenha desejado algo assim, e o pai de vocês também, um pouco. Como vocês sabem, minha câmera realiza desejos."

Na realidade, minha mãezinha é bem diferente. Ora, vocês a conhecem, Pat, Jorsch e tu, Lara. Sempre se ocupou apenas de livros que eram escritos por outros e nos quais ela precisa empenhar todo seu esforço para melhorá-los, frase a frase...

Ainda assim, Nana, ela pelo menos pode ter desejado, ainda que apenas em segredo...

Ora, ora! Algo assim apenas papai pode ter imaginado.

Mas a peça mais extraordinária que a câmera dos desejos de Mariechen alcançou foi com a quarta série de fotos do pacote. Ali se pode ver um zepelim de verdade, de tamanho médio, preso ao mastro de aterrissagem num campo de pouso. E diante da cabine, que é bem espaçosa e tem várias janelas, estão parados, como se dispostos para uma foto em grupo, nosso pai e a mãe de vocês, que é meia cabeça mais alta do que ele. E diante deles estão parados vocês: Jasper e nosso Taddel. E diante dos dois estás sentado tu, Paulchen, como o mais novo. Mas o boné de capitão não é nosso pai quem o usa, não, é sua segunda mulher que é a capitã do zepelim.

Mas é lógico, porque meu papaizinho não sabe nem andar de bicicleta, muito menos dirigir um carro.

Disso pode se supor, então, que ele conseguiu convencer a mãe de vocês a fazer o brevê de piloto para dirigíveis de tamanho médio?

Eu até acho que ela seria capaz disso.

E, inclusive, sempre foi desejo do paizinho não ter lugar fixo e ficar viajando por aí com um zepelim, que por certo seria suficiente para ele e suas sete coisinhas — console de escrever em pé e assim por diante, mais sua família, para que ele pudesse se manter sempre independente, estar sempre a caminho e jamais...

Justamente por isso a velha Marie realizou seu desejo: uma mulher forte ao volante, e ele pode se ocupar sempre do que lhe dá na telha...

... e que ainda por cima lhe dá prazer...

"O pai de vocês sempre gostou de estar em outro lugar com outra pessoa", disse ela. Comigo é a mesma coisa. Devo ter isso dele. "Me diz uma coisa", eu perguntei a Mariechen, quando ela quis levar seu pacote de fotografias de volta à câmara escura, "não existem fotos de ti com papai? Me refiro a fotos que possam ser incluídas no registro qual é o teu desejo?" Primeiro ela ficou em silêncio por um bom tempo e depois disse: "Ora, mas é o que basta, teu pai e suas mulheres! Para mim era sempre só isso: o que estás pensando, boneca? Tinha sempre de ficar de olho e apontar a câmera quando ele desejava algo especial. E depois desaparecer na câmara escura. E só! E deu para bola, minha pombinha! Para o pai de vocês eu fui sempre apenas a Mariechen-Bate-uma-Foto-Aí, mais do que isso eu não merecia."

Cara, o azedume da velha.

Talvez ela tenha sido amante dele mesmo assim, em algum momento, nos intervalos.

Depois fui embora, para Berlim Oriental, em Prenzlauer Berg, porque lá...

Quem sabe do que mais nós não chegamos a saber...

... e o que a velha Marie foi obrigada a fotografar...

... só para que nosso paizinho, bem profissionalmente, pudesse...

... de modo que mais tarde, quando se lesse, jamais se soubesse ao certo o que era verdade, o que era invenção...

Possivelmente também nós, do jeito que estamos sentados aqui e conversando, sejamos apenas inventados — ou o que estás querendo dizer?

Isso ele pode, e isso, na verdade, ele domina muito bem: inventar, imaginar, até que tudo se torne realidade e inclusive projete sombra. Ele diz: "O pai de vocês aprendeu isso desde bem cedo." E mesmo assim nós sabemos, querida Lena, que nossa vida não se passa apenas sobre o palco. Ainda te lembras como deixamos o ocidente para trás quando em toda parte, por ser maio, as lilases floresciam, e nós viajávamos cada vez mais além em direção ao leste, e eu te pedi, antes do princípio de nossa viagem ao mundo polonês, para tirar os acessórios chamativos, as diversas borboletas e passarinhos de teu cabelo entrançado em forma de ninho, porque ornatos bizarros e demasiados na cabeça poderiam assustar nossos parentes cassúbios? Pena que Mariechen não estivesse presente quando estávamos sentados entre tio Jan e tia Luzie no sofá diante do quadro do sagrado coração de Jesus e tu te negaste a comer o *aspic* de cabeça de porco. Ah, como eu fiquei orgulhoso de minha filha, capaz de demonstrar tanta obstinação...

Mas a ti, pequena Nana, ela acabou registrando com sua câmera quando eu não podia estar contigo, mas em pensamentos segurava tua mão bem de perto, tua mão que desaparecia completamente dentro da minha. Mariechen conhecia muito bem nossos desejos. Eu podia ficar perto de ti mesmo quando voltavas a esquecer a chave de casa ou perdias teus trocados. Eu te ajudava a procurar: teu caminho até a escola era longo. Frio, ia dizendo eu, mais morno, morno, esquentando, quente... E às vezes até encontravas mais do que havias perdido. Nosso prazer nas coisas encontradas.

Ríamos e chorávamos juntos. Dava para ver como atravessávamos o Tiergarten ou o jardim zoológico e ficávamos de mãos dadas perto da jaula dos macacos. De qualquer modo, eu fiquei mais vezes perto de ti do que se poderia contar apresentando as provas. Os muitos instantâneos de nossos momentos de ventura. Ah, se ainda existissem todas aquelas fotografias em formato seis por nove nas quais nós...

De um ponto de vista retroativo

Hoje apenas a metade das crianças está reunida, porém mais tarde, logo depois do jogo do St. Pauli contra o Koblenz em casa, Taddel também se juntará ao grupo. Lena, viajando de passagem, está presente. E Lara, que cresceu com irmãos gêmeos, e inclusive ajudou a criar estes irmãos, acha que seria bom se as coisas acontecessem sem... Pat, pelo que se disse, estaria se esfalfando como um cavalo velho para uma prova, e Jorsch impedido de comparecer porque há semanas trabalhava na trilha sonora de uma série policial. De Nana se diz que ela estaria ajudando bebês a nascer em Eppendorf e ademais não estava mesmo na vez dela, mas desejava a todos os irmãos uma noite menos dolorosa que a do último encontro, quando haviam tratado apenas dos sofrimentos do passado.

Eles estão sentados na sala de jantar. Nas paredes livres há arte contemporânea. Uma vez que o assunto é, antes de tudo, a vida na província, foi Jasper quem convidou, ele que no dia anterior voltara de Londres, onde o financiamento de um projeto cinematográfico estava prestes a ir para o brejo. Paulchen pode estar presente, até porque só precisara antecipar uma viagem já planejada de Madrid, onde vivia com sua delicada mulher brasileira. A esposa de Jasper, que postula ser uma benfeitora da pintura contemporânea e, além disso, é mexicana convicta, há pouco ainda se esforçava em levar os dois filhos para a cama. Agora ela botou algo bem picante sobre a mesa: carne moída cozida com chili e feijão-preto. Deliberadamente séria e esforçada em parecer apenas sutilmente com Frida Kahlo, ela sobreolha os comensais "assaz alemães" segundo seu ponto de vista e diz: "Não levem o pai de vocês ao tribunal. Fiquem felizes por ele ainda existir." E em seguida sai de cena. Todos ficam em silêncio como se o eco das últimas palavras ainda tivesse de ressoar. E só então Paulchen diz a Jasper: "Começa tu."

OK. Alguém tem de começar. Pois bem, Paulchen e eu chamávamos nossa mãe de Camomila. "Camomila, posso?", "Camomila, escuta só uma coisa!" Dizem que inventei o nome porque Camomila, que era filha de um médico, curava tudo e em toda parte, e até mesmo na ilha dinamarquesa onde sempre passávamos o verão, vivia colhendo todo o tipo de ervas medicinais, sobretudo camomila, secando feixes inteiros. As ervas eram usadas para chá ou para compressas quentes. Não se trata apenas de uma expressão: camomila sempre ajuda! Por isso já a chamavam assim na cidade onde morávamos mais para fora, na Fuchspass, e para onde nosso pai só continuou vindo às vezes, para o café da manhã, coisa que até era OK, porque Camomila e ele há tempo não brigavam mais. Mas o novo homem, que apareceu certo dia em nossa casa, não chamava nossa mãe de Camomila, mas sempre pendurava o diminutivo "chen" em seu nome de verdade.

E mais tarde a chamava de "queridinha" ou de "minha queridíssima", coisa que nos parecia bem constrangedora.

Para mim ele parecia mais um velhote, ainda que não tivesse nem 50 anos. Paulchen e eu chamávamos o pai de vocês apenas de "o velho", mesmo quando ele nos sugeriu que usássemos somente seu prenome. Parecia mais uma morsa com seu bigodão. Mas eu não cheguei a lhe dizer isso, pois no fundo achávamos ele até OK. Para ti, Paulchen, isso não foi nem um pouquinho fácil no princípio, porque tu — era isso mesmo —, quando acordavas no meio da noite, sempre te esgueiravas para a cama de Camomila. Mas agora o velho, o morsa, estava deitado ali com cada vez mais frequência. E depois ele ainda trouxe de arrasto uma velha consigo e disse: "Essa é Mariechen." E, como explicação, se limitou a dar de si o seguinte: "Mariechen é uma fotógrafa especial, porque tem uma câmera fotográfica antiga, que se chama caixa da Agfa e sobreviveu às bombas, ao fogo e aos danos da água durante a guerra, e desde então não bate mais muito bem da bola, motivo pelo qual se tornou onividente e consegue fazer fotografias absolutamente extraordinárias." E então ele ainda disse: "Mariechen faz instantâneos para mim de tudo aquilo que estou precisando ou desejando. Ela com certeza fará o mesmo para vocês, se vocês manifestarem algum desejo especial."

Nós a chamávamos de Marie...

Taddel também de véia Marie.

De qualquer modo, passou a ser nossa Marie.

No começo eu me borrava de medo da velha. Ela me parecia sinistra, como se eu tivesse imaginado que ela iria me desmascarar mais tarde com sua câmera por causa de uma questão bem constrangedora...

O que foi assim tão constrangedor, Jasper?

Sim, vamos, pode ir contando...

Não gosto de falar disso. Não gosto mesmo. Mas meu irmãozinho mais novo — não é verdade, Paulchen? — achava Marie até bem OK. Apenas ficava surpreso quando ela batia fotos com sua câmera impossível na cerca do jardim ou do nosso prédio.

E quando mudamos com Camomila e seu novo homem da cidade para o campo, também me parecia tudo bem quando ela vinha nos visitar e trazia seus aparelhos, não apenas a câmera da Agfa. Lá nós passamos a morar numa casa grande, que Lena já conhecia e na qual dava para se esconder em toda parte. O cheiro era todo de velharia. Havia até algo como armários de dormir, chamados de alcovas, troços de antigamente. E na parte da frente, que dava para estrada do povoado, ainda havia, coisa que Lena com certeza já contou a vocês, um comércio, também bem antigo. E o novo homem de nossa mãe — me refiro a teu pai, Lena —, que fez seu ninho no quarto grande da parte de cima, com o piso de ladrilhos amarelo e verde, onde ele logo passou a se ocupar com suas bugigangas, cozinhava coisas bem esquisitas para nós, por exemplo pés de porco, rins de carneiro, corações de boi e línguas de vitela. Mas, na opinião de Jasper, o gosto até que não era ruim. E no peixeiro do povoado — que se chamava Kelting, era um pouco corcunda, mas bem simpático — ele comprava não apenas anchovas e outros peixes defumados, mas também enguias, ainda vivas e bem escorregadias.

Mas quando o velho conseguia pegar as enguias vivas, uma por uma, coisa que podia ser bem difícil, cortava a cabeça delas de um só golpe, e depois dividia a parte restante, que ainda tremia e serpenteava, em pedaços do tamanho de um dedo.

E não apenas os pedaços, mas também as cabeças das enguias, que jaziam todas em sequência, bem ajeitadas, sobre uma tábua de cozinha, continuavam vivas, e até saltavam da tábua para o chão. E, certa vez, eu, que sempre estava presente na carneação das enguias, toquei a boca pontuda de uma das enguias e a cabeça decepada se agarrou com tanta força à ponta do meu indicador que me assustei à beça e tive de puxar com muita força para conseguir livrar o dedo de novo. Tudo isso, a carneação das enguias, ora, e não eram poucas as vezes em que as enguias escorregavam das mãos do pai de vocês, e toda essa coisa do meu indicador, nossa Marie fotografou não com sua Leica ou com a Hasselblad, com as quais ela fotografava bem raramente, mas sim com sua câmera da Agfa, e mais tarde, quando vinha de visita outra vez, me mostrava um punhado de ampliações em formato seis por nove. Pois é, vocês sabem muito bem o que saía da câmara escura dela: só coisas estranhas. De qualquer modo, nas fotos, embora aparecessem ambas as mãos, ora com as palmas ora com as costas expostas, em todos os dedos, inclusive no polegar, havia uma enguia presa à ponta. No fundo até parecia normal, mas de um jeito estranho também parecia bem irreal, como as mãos aparecem num filme de terror. Exatamente, Lara, dava até para ter pesadelos. E Jasper — ainda te lembras quando te contei das fotos? — não queria acreditar nisso. "É uma montagem, dá para ver", foi o que disseste e me contaste algo bem complicado sobre desenhos animados americanos. E mais tarde Marie com sua câmera acabou se tornando bem sinistra para ti. Tinhas medo dela de verdade.

Deve ter sido assim mesmo. Mas fico admirado, pois no fundo ela até que era bem OK. Até nos mostrou como se fotografava com a Leica. E te deixou fotografar inclusive com a Hasselblad...

Tudo, o tempo de exposição correto, a abertura do diafragma, a iluminação e essas coisas, ela foi me ensinando. Aos poucos aprendi todo esse troço técnico. Por isso me tornei fotógrafo mais tarde, com faculdade e especialização em Potsdam. Com certeza teve a ver com nossa Marie, com a qual aprendi um punhado de coisas já bem cedo. E quando o pai de vocês comprou a Casa atrás do Dique, na qual ela passou a morar a partir de então, eu até pude, coisa que ela de resto não permitia nem a Jasper nem a Taddel, entrar com ela na câmara escura, que ela instalara com luz vermelha e vasilhas para ampliar, fixar, lavar e uma moldura para fazer as cópias nos fundos da casa. Só com a câmera da Agfa é que eu nunca podia...

Com essa ela só batia fotos especiais para o velho, quero dizer, o pai de vocês. Deixando a máquina em todas as posições, mas na maior parte das vezes diante da barriga, sem nem mesmo olhar pelo visor.

E das cabeças de enguias que continuavam vivas que ela antes arrumava mais ou menos num semicírculo, postadas em pé e viradas para o céu como se ainda buscassem ar — ainda me lembro bem, eram exatamente oito cabeças — também houve uma série de fotos...

Ao que o marido de Camomila, o pai de vocês, fique claro, a quem mais tarde chamávamos pelo prenome, fez gravuras em cobre semelhantes às imagens mostradas nas fotografias já prontas.

Depois disso, quando as formas eram impressas sobre o papel, tudo parecia bem anormal, como se as enguias crescessem do solo.

Motivo pelo qual ele, talvez porque elas eram carneadas para a Páscoa, chamou o quadro de "Ressurreição".

E as coisas que ela, além disso, tinha de fotografar para ele, na maior parte das vezes, como Jasper já disse, com a máquina pendurada em torno do pescoço, sem olhar pelo visor... Mas algumas ela também fotografava de cócoras ou deitada de barriga nas praias do Elba, e as fotos nem por isso deixavam de ser bem estranhas.

Imaginem só: quase sempre o nosso Paulchen ia atrás dela, por exemplo quando ela caminhava pelo dique ou andava pelas pastagens para fotografar os úberes bojudos das vacas para o velho. Mas não acreditei naquilo que Paulchen me contou como se fosse uma história normal, ou seja, que nas fotos da câmera se podia ver com exatidão como em todas as tetas dos úberes havia enguias compridas e grossas presas pela boca, sempre quatro por úbere, ora, para beber leite, claro. Por que, se não por isso, Lena? Não acreditas? Pois eu também não acreditei. Mas Paulchen jurou que era verdade. E mais tarde, nas chapas de bronze que o velho trabalhara, havia quatro enguias gordas penduradas às tetas. Mesmo assim as histórias que ele sempre voltava a nos contar eram completamente inventadas. Por exemplo a de que as enguias, sobretudo à noite e sempre que faz lua cheia, saíam do Stör, subiam pelo dique, e depois serpenteavam pelas pastagens para se agarrar às tetas das vacas, que se deitam apenas para isso, como se estivessem esperando pelas enguias, que então bebem e bebem leite até estarem satisfeitas, até ficarem cheias, e em seguida se soltam para que a próxima enguia beba e assim por diante. Também tu, Taddel, disseste, "Tudo inventado!", porque conhecias muitas das histórias que teu papaizinho inventava e de repente te mudaste para nossa casa, no povoado, porque não aguentavas mais na cidade. Foi isso, não foi?

É preciso entender, porque também...

Não vejo nenhum problema em teres querido ir embora.

E eu no fundo deveria ficar contente, porque entre Taddel e eu, em termos de convivência de irmãos... Mas quando foste embora...

Eu precisava de uma nova família, sem falta. Me sentia completamente supérfluo em Friedenau. Só incomodava. E não paravam de me dizer que eu só incomodava. Também não parava de aterrorizar todo mundo. Era grandioso nisso. Sempre que meu papaizinho vinha do campo nos visitar, para discutir a burocracia com sua secretária, eu fazia o maior teatro, mas um teatro que era de verdade, porque eu realmente não sabia para onde as coisas iam. E isso todas as vezes, até que ele finalmente disse, "Pois bem, se tua mãe não tiver nada contra". Nossa mãe chorou um pouco no princípio e depois acabou dizendo sim. Acho até que ela gostava de Camomila. "Com certeza vais passar bem com ela", ela me disse ao se despedir. E eu dei minhas duas caturritas australianas, que meu papaizinho me dera antes para me consolar, a meu amigo Gottfried. E na casa antiga e estranha que eu já conhecia, porque meu papaizinho já morara nela mais ou menos uns dois anos com a mãe de Lena e suas meias-irmãs, eu consegui me adaptar bem rápido, ainda que continuasse aterrorizando todo mundo no princípio, por exemplo prendendo o gato, que pertencia a Jasper e Paulchen, no espaço entre uma janela dupla, onde o animal entrou em pânico. Mas é claro! Não estava certo! Concordo! Não sei por que eu... Honestamente, Paulchen! Eu devia mostrar mesmo uma inclinação ao terror... Ou o que vocês acham?

Pois é, mas no fundo até que eras bem OK.

Na verdade, precisaste de um bom tempo até te adaptar.

Mas a mãe de vocês, que eu também logo passei a chamar de Camomila, eu respeitava, até porque ela tinha um jeito diferente, não falava nem baixo, nem alto demais. Quando Camomila dizia sim, isso queria dizer que era sim, quando dizia não, era não. Já no princípio ela me proibiu de dizer palavrões como "bocaberta", "porco turco" e coisas ainda piores, ou melhor, com seu jeito vagaroso ela foi me desacostumando de dizê-los. E dessa forma fez de mim um ser humano até mais ou menos suportável. E não era apenas a velha Marie que achava isso, até mesmo tu, Lara, quando vinhas nos visitar de vez em quando, achavas que era assim. E vinhas sem teu Joggi...

Tivemos de sacrificar o coitado. Já estava velho. Já há tempo não queria mais andar de metrô. Só ficava deitado debaixo da escada. E quando queria atravessar a rua para ir até o parquinho na esquina da Handjerystrasse, não olhava mais para a esquerda nem para a direita. E então tive de concordar quando todos, também minhas amigas, disseram: "Tens de deixar que o sacrifiquem, sem falta. Ele só está sofrendo desse jeito. E já não sorri mais há um bom tempo." E então só restava mais eu. Pode acreditar em mim, Taddel: eu até senti um pouco tua falta, porque de repente me senti tão só. Porque Jorsch fazia seu curso em Colônia, não escrevia nem sequer um cartão-postal, parecia até ter desaparecido. E Pat só se preocupava com Sonja.

Sim, e então, como eu já disse, Taddel também se foi, coisa que eu, mesmo que às vezes incomodasses de verdade, lamentei um pouco. Além disso, meu primeiro amor de verdade por um cara bem mais velho deu errado. Era um desses tipos que procuravam menininhas bem mais novas. A que veio depois de mim, segundo disseram, era ainda bem mais nova do que eu. Não gosto de falar disso. Não! Não gosto mesmo. E na escola tudo terminou para mim depois do certificado de conclusão da quinta série do curso secundário. Não tinha mais vontade de estudar matemática e essas coisas. Queria me tornar ceramista, sempre gostei de moldar coisas com as mãos, na maior parte das vezes animais, mas não queria fazer arte como meu paizinho, e sim algo bonito e que fosse útil. Mas como não havia nenhuma vaga de aprendiz na cidade, a Camomila de vocês me ajudou, depois de algumas voltas por aí em Schleswig-Holstein, ora para um lado, ora para outro, a enfim encontrar um estágio com um ceramista numa bela região onde a irmã dela morava na construção anexa a um castelo. O ceramista, embora conhecesse um bocado sobre sua profissão, era um tipo desprezível em todo o resto, coisa que só ficou clara mais tarde, e da qual eu realmente não gosto de falar, não, Lena, nem mesmo agora. De qualquer modo, me alegrei muito com o estágio. E com Camomila, que, assim como eu, era bem prática, eu me entendia muito bem. Ela dava um jeito em tudo. Assim como no passado, apesar de vocês dois, rapazes, ela tocava órgão numa igreja e, não só isso, ainda estudava alguma outra coisa, assim também ela agora cuidava do movimento na casa grande e antiga, na qual sempre estava acontecendo algo, havia visita e essas coisas. E nosso Taddel — isso tu tens de admitir — não podia mais ser reconhecido. Era isso mesmo. Passaste a bancar o irmão mais velho, e sempre que querias te referir a Jasper e Paulchen falavas de "meus irmãos mais novos".

Paul, que todos chamávamos apenas por Paulchen ou Paule, teve de andar de muletas por um bom tempo desde que meu papaizinho, num passeio — não lembro mais para onde — descobriu que ele mancava da perna direita.

É, como veio a se descobrir depois, uma doença dos ossos bem traiçoeira, foi o médico do povoado que descobriu.

Tinha um nome bem estranho.

Motivo pelo qual teve de ser operado por um especialista de Berlim.

Demorou muito até eu poder andar sem muletas de novo...

E meu papaizinho, que estava bem mais calmo no campo, e inclusive voltara a rir como no passado, terminando finalmente seu livro grosso, queria sem falta que a véia Marie batesse uma foto com sua câmera do sapato especial que Paulchen já teve de usar no pé esquerdo antes mesmo da operação.

Mas Camomila não achou isso lá muito OK. E uma vez que era um pouco supersticiosa, não deu permissão a Marie para fotografar o sapato.

E a velha até obedeceu, apesar de murmurar alguma coisa incompreensível em sua linguagem de bruxa.

Aquele foi meu sapato do terror, eu tinha de usá-lo no pé são. Era assim que eu o chamava, porque seu aspecto era bem tosco. A perna direita ficava presa a uma armação. E a doença levara o nome do médico que a descobrira. Ele se chamava Perthes. Era o osso do quadril que aos poucos se desintegrava, Camomila dizia "se esfarelava", motivo pelo qual uma cunha, Camomila dizia "como uma fatia de bolo", teve de ser serrada e retirada dele. Aconteceu ainda quando morávamos na cidade. Fiquei no hospital por muito tempo, no leito ao meu lado um turquinho, que apesar das dores era bem silencioso e, inclusive, muito simpático. Mas, foi o que Camomila disse, não me queixei muito, mesmo quando ficar deitado começou a me estressar. As enfermeiras eram bem rudes. O médico-chefe que serrou meu quadril era até bem decente. Conhecido por curar jogadores de futebol do Hertha Berlim de seus problemas no joelho ou em outros lugares. Ele botou meu osso do quadril no lugar certo, para que ele pudesse se fixar de novo. E foi o que aconteceu, mas bem devagar. Só que minha perna direita ficou um pouco mais curta desde então. Só precisei usar o sapato do terror no começo, antes de andar de muletas. E apenas mais tarde, quando não precisava mais de muletas, é que me deram um sapato com uma sola mais grossa.

Mas eras bem rápido.

Bem jeitoso com tuas muletas.

Minha surpresa era grande quando vinha de visita.

Passavas pelo cemitério inclusive mais rápido do que nós...

Motivo pela qual nossa Mariechen sempre queria te ver diante da câmera...

Um filme inteiro, depois mais outro, e ela sempre fotografando.

Até Camomila achava isso OK.

Só o sapato do terror é que ela não devia...

E Taddel, que de resto não queria acreditar nem um pouquinho naquelas histórias, mesmo assim, antes mesmo de ela te fotografar com tuas muletas, gritava: "Deseja alguma coisa, Paulchen! Rápido, deseja alguma coisa para ti!"

Mas ela mostrou as fotos apenas para mim. Uma dúzia ou mais. Dava para ver nelas como eu subia e descia correndo as escadas rolantes de um gigantesco centro comercial, acho que era a KaDeWe — ou será que foi o Europa Center? —, sempre de muletas, e inclusive me arriscando na direção contrária em que as escadas iam. A coisa era bem bizarra. Sempre de três em três degraus. E em cima e embaixo havia pessoas, que — coisa que certamente eu não desejara — me aplaudiam por eu ser tão rápido com minhas muletas. Cheguei até mesmo a saltar da escada que descia para a escada que subia. E em outra série dava para ver como eu, de volta ao povoado, subia e descia correndo o lado inclinado do dique do Stör. Eu conseguia até mesmo saltar sobre cercas. E cheguei até a dar cambalhotas no ar com as muletas. Mas apenas em fotos.

Depois disso ficaste correndo atrás dela como um cachorrinho, sempre que ela se punha a caminho de Hollerwettern, passando pelo dique.

Eu capengava até o dique do Elba, de onde ela então, usando sua câmera da Agfa, que no fundo só funcionava com o tempo bom para fazer fotografias de perto, fotografava bem de longe — e com tempo nublado e chuvoso — navios que passavam, entre eles grandes petroleiros e cargueiros, que vinham de Hamburgo ou iam para Hamburgo. Ela fotografou até mesmo navios de guerra do lugar em que ficava, no dique, tanto nacionais quanto estrangeiros. Certa vez fotografou inclusive um porta-aviões, que vinha da Inglaterra visitar a frota. Muito bizarra, a foto. Eu nada disse, mas pensei comigo: eu só queria saber se...

Ainda hoje seria capaz de apostar: que ela fotografou os navios para meu papaizinho, porque ele terminara o livro grosso e agora, conforme disse a Camomila, estava pensando em um bem mais fino "para descontrair".

E o livro deveria tratar da guerra dos Trinta Anos, pouco antes de chegar ao fim.

E ele queria voltar até aquela época com a ajuda da câmera.

Porque na época, em nossa região, toda a costa do Kremper e também do Wilster havia sido ocupada pelos dinamarqueses, e Glückstadt e Krempe foram sitiadas no meio da guerra, não sei mais se pelos suecos, que viviam brigando com os dinamarqueses, ou por Wallenstein, sobre o qual o velho sabia tanto, inclusive que além dos sítios houve uma batalha marítima de verdade sobre as águas do Elba. Por isso, é o que suponho, com a ajuda das fotos da nossa Marie — sempre usando apenas sua simples câmera —, os navios de guerra bem modernos que víamos do dique do Elba e todas essas coisas que ruminávamos nas aulas de História, deveriam voltar a reviver em tempos antigos com a ajuda de alguns truques...

Foi isso mesmo. Pois meu papaizinho, que sabia tudo de história, queria "tornar o mais plástica possível" toda e qualquer insignificância, conforme ele mesmo disse a ela: "Quero saber quantas velas os suecos usavam e de quantos canhões eram providos os navios dinamarqueses..."

"Instantâneos históricos" era como o velho chamava essas coisas... E ela os providenciava para ele, individualmente ou em série...

... porque ela fazia tudo o que meu papaizinho desejava, pouco importando as condições do tempo...

Mesmo quando soprava o vento forte do norte, dava para vê-la sobre o dique do Elba. Ela ficava parada, oblíqua, contra o vento e batia fotos e mais fotos. E nosso Paulchen, na época com suas muletas, sempre junto dela.

E daí? Camomila achava que tudo bem. Pelo menos não tinha nada contra o fato de nossa Mariechen providenciar inclusive o mais impossível...

E sempre éramos obrigados a ouvir: "Há coisas que simplesmente não podem ser inventadas."

E às vezes Camomila dizia: "Mais tarde, quando tudo tiver sido contado até o fim, vocês poderão ler..."

E botava um monte de livros na nossa frente, que outros haviam escrito.

Sempre novos livros.

Ainda me lembro que um se chamava *O apanhador no campo de centeio.*

Mas apenas Jasper se deliciava com a leitura. Tudo que ele conseguia, ainda que não lesse nada de meu papaizinho.

Pat no princípio arranjava edições da Bravo, só mais tarde jornais e até mesmo romances...

... mas Jorsch leu quase tudo de Júlio Verne...

Isso é verdade: havia livros demais em nossa casa, de modo que em termos de formação nós só mais tarde, bem mais tarde...

Apenas Jasper era a exceção.

Ele leu por todos nós.

Por mim com certeza. Na época eu só me interessava pela revista Kicker, porque mostrava todos os resultados dos jogos...

Mas em relação ao livro novo, que não deveria ser tão grosso quanto o último, ele ainda se encontrava, conforme dizia Camomila, "em busca de um tema"...

Por isso a velha Marie também sempre andava pelo cemitério.

Batia fotos de lápides ancestrais em torno da igreja.

Aposto que depois, em todas as ampliações, assim que ela desaparecia em sua câmara escura, os mortos saíam de suas covas, e andavam por aí de novo, vivinhos da silva, usando roupas de antigamente, ora, me refiro a calças até os joelhos, e a perucas talvez?

De qualquer modo, o velho foi com Camomila, Paulchen e eu — tu, Taddel, não quiseste ir junto — em nossa perua da Mercedes até Münsterland...

... dessa vez sem Marie, que, talvez como Taddel, não tinha vontade ou estava de mau humor...

Mas ela emprestou sua câmera a teu papaizinho, coisa que de resto nunca fazia.

E quando chegamos a Telgte, ele, usando a câmera de nossa Marie, fotografou o que ainda lhe faltava em motivos e todo o resto...

Ele, que jamais fotografava, bateu vários filmes...

Na época eu já não andava mais de muletas. Mostrei a ele como usar uma Agfa, para que ele não fizesse simplesmente como Marie fazia, fotografar instintivamente sem olhar pelo visor...

Mas ele estava interessado apenas num estacionamento completamente normal, que estava quase vazio. Poderia ter apenas cimento na sua foto.

Era uma ilha, o estacionamento, porque um rio descrevia um arco em torno dele e voltava a se juntar exatamente no lugar em que os restos de um moinho d'água...

Ele também os fotografou, os restos do moinho...

Mas o que ele queria mesmo era o estacionamento coberto de concreto, porque lá — "exatamente aqui", ele disse, "há exatamente trezentos anos, ficava o Pátio da Ponte, que será o local dos acontecimentos". Teria sido uma espécie de albergue para comerciantes, sempre a caminho pelas pontes do Ems com suas mercadorias, ora, seus tecidos e seus barris cheios.

"Na época", disse teu papaizinho, "havia guerra, e a guerra não queria terminar, ainda que já há anos se negociasse a paz em Münster e Osnabrück." E por isso o Pátio da Ponte, que teria existido no passado, estaria sempre ocupado por escritores que queriam se encontrar exatamente no lugar onde agora ficava o estacionamento quase vazio...

E os escritores teriam lido uns aos outros seus livros. Um troço bem difícil, barroco e essas coisas...

E tudo apenas porque o papaizinho de Taddel vivenciou algo parecido quando ainda era um escritor bem jovem e se encontrava com um punhado de outros escritores ora aqui, ora acolá.

Ele bateu pelo menos uns três filmes do estacionamento. E eu o ajudei a tirar e recolocar as bobinas novas. Elas têm de ser colocadas de tal modo que o lado vermelho do papel de proteção fique para o lado de fora. E ele não era capaz de fazer algo assim.

Mas logo entendeu do que se tratava. O principal, de qualquer modo, e disso todo mundo sabia, era providenciado pela câmera...

Só algumas pessoinhas ficaram olhando no estacionamento, porque reconheceram o velho, que não parava de fotografar.

Até ficamos constrangidos.

Talvez porque meu paizinho lhes parecia conhecido, elas pensaram: o que esse tipo de bigode perdeu por aqui?

Mas é claro, Lara! As pessoas com certeza disseram consigo mesmas: deve pensar que ali havia muitas coisas a descobrir, ou, como dizem, que havia esqueletos no armário, que ele pode escavar um a um...

Mas o fato de as pessoas olharem não chegou a preocupá-lo muito.

De resto, no entanto, foi até bem empolgante tudo que ele contava enquanto batia as fotos. Sabia com exatidão do que se tratava nas negociações de paz. O que os suecos queriam manter incondicionalmente, o que os franceses desejavam alcançar a qualquer custa e como os bávaros e saxões já na época queriam bancar os espertinhos. Também sabia que nem de longe se tratava mais, no fundo, da religião certa, mas sim da posse da terra. Por isso a pequena ilha na qual Camomila nasceu, mas também Greifswald, a cidade na qual ela foi à escola mais tarde e aprendeu a tocar órgão, de então em diante e ainda por muito tempo pertenceram aos suecos. Camomila ainda hoje, às vezes, diz, quando perguntada por algumas pessoas: "Eu venho da Pomerânia sueca."

E é exatamente dessa época a canção que o papaizinho de Taddel sempre cantava, quando tu, Lena, ficavas conosco durante as férias de verão em Møn e não conseguias pegar no sono. Na verdade, não se tratava de uma canção de ninar. Começava com "joaninha voa" e terminava com "Pomerânia incendiada".

E no meio vinha sempre algo bem horrível: "Dorme, criancinha, dorme, amanhã virão os suec..."

E assim ela continuava: "Arrancarão teus braços e tuas pernas, botarão fogo no galpão, na casa."

Canta, Lena! Gostas tanto de cantar.

Só se todos cantarem junto...

Vamos: "Joaninha voa, teu pai está na guerra à toa..."

Mas as fotos que teu papaizinho bateu com a ajuda de Paulchen no estacionamento e depois na cidade, onde havia uma capela com uma madona para peregrinos, que curava sei lá que doenças, foram todas trabalhadas mais tarde na câmara escura de Mariechen, e isso com um truque que nenhum de nós...

Ninguém jamais conseguiu ver, nem mesmo Camomila.

E teu papaizinho dizia apenas: "Ficaram bem boas. Algumas um pouco tremidas."

Mas o Pátio da Ponte podia ser reconhecido com exatidão pelo que foi dito. Quantos estábulos ele tinha, e também que tanto a taverna quanto os estábulos eram cobertos de junco e não haviam sido nem um pouco danificados pela guerra.

E como ele se gabou de seu talento fotográfico: "Acreditem em mim, crianças! Em uma das ampliações, bem na frente da entrada que dá para o Pátio da Ponte há uma pessoa que, embora um pouco fora de foco, pode ser reconhecida muito bem. Acho que é a taverneira do Pátio, uma tal de Libuschka, chamada de Coragem no mundo inteiro."

E então ele ainda murmurou algo sobre retratos que conseguiu bater no moinho d'água e na capela de Telgte: "Consegui surpreender na margem do Ems um certo Greflinger e alguém que se chamava Stoffel e mais tarde ficou famoso, e na capela da misericórdia um certo jovem poeta chamado Scheffler, como ele se ajoelhava no lugar, fazendo o sinal da cruz..."

Mas isso ele só disse quando nós, assim como em todo verão, já estávamos na ilha dinamarquesa, onde Camomila se sentia completamente feliz, teu papaizinho estava sempre de bom humor e quase sempre fazia bom tempo.

Mas o velho sempre só passeava por um trecho breve conosco pelo campo até a praia, porque queria voltar para sua Olivetti...

... e porque a datilografia o mantinha de bom humor.

A cada vez que tirávamos férias em Møn, a pequena Lena vinha conosco. Eras muito bonitinha...

... mas às vezes incomodavas um bocado com teu teatro.

Lamentavelmente era assim. Mas vocês sabem muito bem, é de pequenino que se torce o pepino. Se a pequena Nana, da qual vocês nem sabiam na época que ela existia, estivesse junto, eu com certeza teria feito bem menos teatro.

Pena, Taddel, que tu não vinhas conosco...

... e só porque na Casa do Preboste, que Camomila havia alugado, e que se chamava assim porque no fundo era apenas uma casa de pastor de gado, não havia água corrente e nada de luz elétrica, só lamparinas e velas.

Para nós isso era OK, era o que bastava...

... e à noite era até bem confortável.

Mas não para Taddel, que fazia questão de ter conforto.

Sempre dizias: "Parece até a zona de ocupação soviética."

Eu, ao contrário, era doido pela ilha, mesmo que lamentavelmente tivesse de chorar muitas vezes porque sempre sentia um pouco de saudades de Rieke e Mieke, minhas irmãs mais velhas. No começo meu papá, porque eu ainda era pequena, ia me buscar em Berlim. Mais tarde, quando já ia à escola, eu me mostrava bem ousada, como todos diziam, e ia sozinha primeiro com o trem imperial pelo leste até Warnemünde, depois atravessava o mar Báltico com a barca e depois seguia ainda com o trem dinamarquês até Vordingborg, onde meu papá e a

Camomila de vocês iam me buscar. Na verdade, eu poderia levar a pequena Nana junto, se não tratassem minha irmãzinha como um segredo de família. Não, não dava e pronto! Mas vocês, os rapazes, foram sempre bem simpáticos comigo, mesmo quando eu às vezes, conforme disse Paulchen, os incomodava a valer. Jasper e eu sempre nos contávamos piadas antes de dormir. E como! Saíamos muito a passear pelo campo até a praia, onde eu sempre cantava, para alegria de meu papá e atendendo seu desejo, algo em baixo-alemão, que havia aprendido na escola: "Kum tau mi, kum tau mi, ick bün so alleen..." Ou nós corríamos pela floresta, que começava logo atrás da casa e que me parecia uma verdadeira selva, de modo que eu até sentia medo e tropeçava nas raízes, caindo várias vezes. E lamentavelmente tinha de chorar por causa disso. "Não vá fazer teatro de novo!", Jasper gritava então, como se imaginasses que eu mais tarde iria frequentar uma escola de atores...

Já na época conseguias declamar de cor poemas inteiros, coisa que nenhum de nós conseguia...

E ali, na ilha, na cabana dos pastores de gado, que para mim mais parecia uma casa de conto de fadas, eu conheci melhor a velha Mariechen de vocês. Até então eu estivera com ela só de vez em quando, quando meu papá vinha me buscar duas vezes por semana na casa de minha mamã. Em sua oficina eu tinha de brincar com botões, que meu papá, que, como todos vocês sabem, era qualquer coisa menos um pai brincalhão, tomava emprestados de Pat para que eu pudesse brincar...

Não é verdade, Lena! Eu, teu irmão Taddel, bom de coração, é que providenciei os botões para ti.

Ora, pouco importa quem foi, não é? De qualquer modo, a velha Mariechen de vocês, que de algum modo deve ter me parecido bem misteriosa, me fotografou várias vezes brincando com os botões com sua câmera igualmente misteriosa, e enquanto isso sempre dizia: "Deseja alguma coisa, minha pequena Lena, queridinha, deseja algo para ti." Lamentavelmente esqueci o que foi que desejei de todo o coração na época. Talvez, não, com certeza, desejei que meu papá viesse mais vezes... Pois é. Mas ela trazia consigo essa câmera tão misteriosa para mim, da qual Jasper e Paulchen me contavam coisas maravilhosas e terríveis ao mesmo tempo, até quando vinha nos visitar por vários dias na ilha. Ainda te lembras, Jasper, de como corremos todos com a velha Mariechen de vocês pela charneca até a rampa, que era como meu pai chamava aquele muro circular?

Exatamente! E o velho mais uma vez contou a história que sempre contava quando ia até a rampa com pessoas que vinham visitar a ele e a Camomila. E essa história, que o professor Bagge, de quem alugávamos a casa de férias, teria lhe contado, começava sempre com uma preleção histórica, porque em torno de mil oitocentos e alguma coisa, quando Napoleão imperava por toda parte e por isso os ingleses haviam incendiado Copenhague, uma corveta inglesa — ou será que era uma fragata? — cruzou por nossa ilha, e isso justamente na canaleta de passagem através do estreito até Stege, possivelmente também para bombardear e incendiar a cidade. Mas os camponeses da ilha de Møn em pouco tempo conseguiram reunir um grupo para defender sua terra natal, cerca de cinquenta homens com um capitão à testa, que na verdade era nobre e dono de terras. Bem rápido, durante a noite, os homens haviam construído uma barragem de terra circular em torno da ilha e depois ainda uma elevação no meio, sobre a qual foi postado o único canhão que existia na ilha. Isso mesmo! Em exatamente uma noite eles teriam conseguido fazer tudo isso. E na manhã seguinte disparavam justamente com aquele único canhão sempre que o vento se mostrava favorável para a corveta e ela queria tomar curso no estreito em direção a Stege. É claro que a corveta — ou será que era mesmo uma fragata? — respondia ao fogo de jeito. Dia após dia. Durante quase uma semana. Mas então, num sábado, o capitão dinamarquês da defesa local da ilha mandou um barco a remo, que trazia uma bandeira branca hasteada, com três homens a bordo, entre os quais se encontrava um camponês de grandes posses de Udby, até a fragata, e o camponês de grandes posses negociou, sei lá por quanto tempo, com o capitão da fragata, porque no dia seguinte, que era um domingo, sua filha se casaria com o filho de outro camponês de grandes posses de Keldby. Por isso, ele teria dito, nossa defesa dinamarquesa não pode, uma vez que todos os homens estão convidados ao casamento, disparar durante um dia inteiro em direção à corveta. E por isso ele pretendia, primeiro, sugerir um cessar-fogo com prazo predeterminado ao capitão inglês e, por segundo, convocar cordialmente a ele e três de seus oficiais como convidados de honra ao casamento. Depois disso, na segunda-feira que se seguiria, o camponês da ilha teria dito, eles poderiam muito bem começar o tiroteio de novo. Ambos os lados consideraram a sugestão OK depois de breve aconselhamento. E exatamente assim teriam corrido as negociações. Logo depois do casamento, no qual, conforme se supõe, se bebeu um bocado e se comeu torta de nata a não querer mais, os canhões voltaram a disparar. Isso durou até que o navio de guerra inglês, por não conseguir atravessar o estreito até Stege ou porque se encheu do tiroteio, talvez também porque a munição tenha ficado escassa, simplesmente deu meia-volta e se mandou à toda vela em direção ao mar. Mas a rampa e a vala em torno dela, e além disso a elevação em forma de colina no meio, na qual ficara postado o canhão, continuam existindo, só que entrementes as valas em torno estão recobertas pela relva e pelas moitas. Mas tu, Lena, simplesmente não quiseste acreditar na história que teu papá nos contou, e sempre dizias: "Estás mentindo! Estás mentindo de novo!" Não é verdade, Paulchen?

Como é que ela poderia se lembrar? Era bem mais nova do que nós.

Mas do quiosque da senhora Türk, na praia, no qual ela comprava pacotes inteiros de pastilhas de alcaçuz e palitos de alcaçuz para suas irmãs Mieke e Rieke, Lena com certeza ainda consegue se lembrar...

Não! Ou só bem vagamente. Mas deve ter sido assim, porque meu papá muitas vezes contava histórias absurdas como essa, sobretudo para nos fazer adormecer, depois que Camomila, que era sempre bem querida comigo, fazia carinhos em todo mundo. Mas com suas invenções certamente se passou algo semelhante ao que se passou contigo, Lara. E com a pequena Nana foi a mesma coisa mais tarde, quando seu papá às vezes e com certeza demasiado raramente a visitava na casa de sua mãe e se sentava em sua caminha antes de ela adormecer. Só histórias de mentira! Das quais algumas, no entanto — não é verdade, Lara? —, eram até bem maravilhosas. Mas então a velha Mariechen de vocês, que corria conosco até a rampa, fez, usando a câmera ou a caixa, como vocês diziam, que me parecia tão misteriosa, e por trás, curvando o corpo e botando a máquina entre as pernas, não sei quantas fotos da rampa e da imensa quantidade de água diante dela, que ora era azul-escura, ora brilhava em tons de prata...

Pelo menos três rolos de filme, com certeza.

Meu papaizinho nunca se dava por satisfeito, sempre achava pouco.

Mas só para mim ela mostrou algumas das fotos, bem mais tarde, quando eu já tinha de voltar para escola. Taddel não vai querer acreditar e Jasper talvez também não, pois ali dava para reconhecer com exatidão que meu papá dessa vez não mentira. Sim, dava para ver como muitos camponeses de Møn, com certeza mais de cinquenta, usando uniformes engraçados, estavam parados atrás da rampa e do canhão. Até mesmo o navio aparecia,

144

com seus dois mastros, várias velas e com nuvenzinhas brancas diante do casco, porque não parava de disparar, conforme Jasper já disse. E naturalmente também havia fotos do casamento, que mostravam como todos os convidados dançavam num galpão, inclusive os oficiais ingleses, até mesmo com o capitão da fragata, que numa das fotos dançava com a noiva. Deve ter sido divertido. Só rostos sorridentes. Apenas o noivo parecia sério, sabe-se lá por que não podia rir. E, do chefe da defesa dinamarquesa, a velha Mariechen me mostrou um retrato no qual ele, apesar do chapéu de três pontas extremamente grande, parecia com alguém, sempre acho que era com o professor Erling Bagge, que teria contado essa história da rampa, ao que tudo indica verdadeira, a meu papá. De qualquer modo, desde então eu conseguia acreditar quase sempre naquilo que meu papá contava, mesmo quando tinha de dizer comigo em segredo: bem típico, agora ele lamentavelmente já está mentindo de novo...

Assim como também nós, que estamos sentados aqui e falamos e falamos não podemos ter certeza sobre as coisas das quais ele tenta nos convencer — e também do que resultará de tudo isso ao final das contas...

A coisa pode ficar bem constrangedora...

Mas talvez até divertida...

Ou nos deixar tristes...

Mesmo que sejam apenas histórias do passado, quando ainda éramos crianças e tínhamos desejos...

Deseja alguma coisa! Deseja alguma coisa! Mas a câmera de Mariechen não se limitava a realizar desejos. Quando ela ficava com raiva por causa de vocês, ou o vento soprava da direção errada, ou outra coisa a roía por dentro — o grande dente roedor das recordações que a guerra deixara dentro dela — ela nos mandava a todos — ainda te lembras disso, Paulchen? — à

Idade da Pedra em dois ou três filmes inteiros. Fotos e mais fotos: e já nós desaparecíamos, tempo afora, expulsos a regiões cobertas de musgo...

Devias ter visto na câmara escura dela, como nós, na condição de horda, as crianças, as mães e eu, estávamos sentados em torno do fogo, enrolados em peles, mordiscando raízes e roendo ossos. Um grupo desgrenhado, sempre com as clavas e machados de pedra à mão, de modo que mais tarde, quer dizer, no último filme, quando a fome não terminava, vocês acabaram por pegar o pai de vocês, porque ele era inútil e só ficava contando suas histórias...

Ou como ela mandou vocês todos, e por fim apenas Taddel e Jasper, porque os dois não queriam acreditar na câmera dela, à Idade Média mais profunda: condenados ao trabalho infantil em um moinho de pedal. "Seus mimados", ela sibilava e batia fotos e mais fotos de como vocês ficavam atados a correntes dia após dia, recebendo chibatadas... Mas disso nem mesmo Paulchen quer falar, ainda que lhe tenha sido permitido acompanhar a revelação; um favor que a mim não foi dado, ainda que ela de resto cedesse a tudo que eu desejasse...

Instantâneos

Entre os oito filhos, agora é a vez da mais nova. "Enfim", diz Lena a Nana, que convidou às pressas todos seus irmãos ao quarto de dimensões limitadas que faz parte de uma república no bairro de St. Pauli, em Hamburgo, porque agora ela, depois de ouvir por muito tempo, enfim viu chegar sua vez. Ela teve de pedir cadeiras emprestadas, e também pratos e copos.

Já que todos vieram, há pouco lugar em torno da mesa, sobre a qual há comida vegetariana distribuída em bacias: pasta de grão-de-bico, misturada a azeite, creme grosso de berinjela temperado com ervas, arroz enrolado em folhas de uva, endívias para embeber na pasta e no creme, azeitonas e pão folhado turco. Além disso, suco de maçã naturalmente enturvado. E entre tudo isso espera, ao lado de flores cortadas em vasos cheios de água, aquela técnica de som que o pai convenceu seu filho Jorsch a providenciar.

Lá fora cai uma chuva fina e confirma um verão que todo mundo se queixa de ser quase ou completamente chuvoso. Nana ainda está tentando se desviar, não quer ser a primeira "a simplesmente abrir o bico", conforme Lena lhe sugere. Para começar, ela principia com voz rouca e demasiado rápida, de modo que Taddel — ou será que é Jorsch? — acha que deve aconselhar uma "marcha um pouco mais lenta". Ela conta de nascimentos felizes, e em orações subordinadas também fala do estresse na clínica, na qual, como em todo lugar, faltam enfermeiros, portanto, do cotidiano de uma parteira, e só de passagem menciona férias demasiado breves na Antuérpia: "Ah, foi tão bonito por lá, a dois."

Toda cuidadosa com sua irmãzinha — e antes que Pat e Jorsch voltem a soltar o verbo ou Jasper possa contar de modo estendido das dificuldades com produções cinematográficas hoje em dia —, Lara diz, a fim de que todas a escutem: "No fundo, estás o melhor possível, porque teu querido flamengo te faz muito bem, acho eu. Dá para perceber. Estás muito mais aberta. Começa, de uma vez por todas!", e, oh, milagre, agora Nana já está pigarreando.

Conforme vocês sabem, eu a princípio prefiro sempre ouvir. Pois de tudo que vocês vivenciaram ou tiveram de aguentar, eu não sabia absolutamente nada. Exatamente como Lena também não tinha a menor noção de que eu, ora, eu, a pequena Nana, sequer existia, até que nosso papá disse a ela — ela já estava com 12 ou 13 anos e eu acabara de completar 7 ou 8 —, talvez porque não conseguia mais guardar seu segredo consigo: "Aliás, tu tens uma irmãzinha menor, que é um doce", ou algo assim. Foi apenas bem tarde que ele conseguiu dizer isso. Portanto, cresci como filha única, mesmo que soubesse que ainda havia muitos irmãos que, quando eu via vocês às vezes, sempre foram bem queridos comigo, de verdade. Mas então Pat e Jorsch foram para longe fazer seus cursos, e também Lara, porque tu, coisa que achei bonita, querias te tornar ceramista, e eu também gostava de trabalhar com as mãos... E Taddel, que eu mal conhecia, podia viver no campo, onde além de ti ainda havia Jasper e Paulchen, que, no entanto, não eram irmãos de verdade, ainda que a princípio vocês fizessem parte da turma, nisso não existia, conforme meu papá sempre disse, nenhuma diferença. Só eu lamentavelmente não. Na maior parte das vezes fiquei sozinha, mas em segredo sempre desejei que fôssemos uma família de verdade, quero dizer, cheia de carinhos, sobretudo quando meu papá vinha nos visitar brevemente e na maior parte das vezes só conversava sobre livros e fazer livros com minha mãezinha, falando também sobre livros esquecidos ou proibidos e essas coisas, até que eu dizia: "Também ainda estou aqui!" Mas muitas vezes íamos os três, o que quase sempre era muito bonito, passear em algum lugar, tomar sorvete ou comprar alguma coisa para mim, que eu, porém, não queria, porque eu nunca queria nada para vestir ou para brincar, nem mesmo bonecas Barbie, e sim coisas bem diferentes, que não podiam ser compradas. Quando, então, entrei na escola, no começo até achei interessante ter pais tão velhos, que tinham tanto a dizer um ao outro, e não pais jovens como os pais de outras crianças da minha turma. E isso que os dois a princípio sempre se contavam as mesmas histórias, como se já fossem íntimos há uma eternidade. E na maior parte das vezes se tratava de pessoas que também faziam livros ou os fizeram no passado, ou que apenas escreviam sobre os livros de outros. Certa vez, ainda me lembro, fomos os três, com minha mãezinha no volante, até Berlim Oriental, onde eles pegaram em segredo algo proibido com alguém, algo que prometia sucesso, e que mais tarde se transformaria em livro na parte ocidental. Isso foi bem emocionante, porque alguém andou atrás de nós logo depois do controle aduaneiro, quando já estávamos voltando para casa. "É um espião", disse meu papá, "ele é pago pela Stasi para fazer isso." Mas na maior parte das vezes saíamos a passear por parquinhos cheios de balanços e carrosséis, porque meu papá gostava muito de parquinhos. E assim visitamos também o maior parque de diversões, a festa popular franco-alemã. Ela acontecia em Tegel, e eu não queria parar de andar no carrossel com meu papá. Ah, como isso foi bonito! Nós nunca ficávamos satisfeitos. Sempre dando voltas e subindo aos ares. Vocês sabem que ele sempre gostou de carrosséis, como eu também. Só minha mãezinha não queria andar de tanto medo que sentia. "De jeito nenhum", ela dizia, "vocês não vão conseguir que eu suba aí." E também a velha Mariechen de vocês, que devo ter visto pela primeira vez naquela ocasião, porque meu papá a trouxera consigo à quermesse, e da qual eu, assim como tu, Lena, sentia um pouco de medo, porque ela sempre ficava parada à parte, só olhando, não queria de modo algum andar conosco no carrossel: "Nem por um milhão!", ela dizia. Mas então ela fez em segredo várias fotos, apenas instantâneos, de mim e de meu papá com sua câmera, da qual minha irmã mais velha — não é verdade, Lara? — me contou coisas maravilhosas, mas igualmente sinistras mais tarde... Como nós voávamos pelos ares, dando voltas, os dois felizes de verdade. Ele atrás, em cima, debaixo de mim, e às vezes ao meu lado, de modo que nós, assento ao lado de assento, podíamos ficar de mãos dadas. Inclusive girávamos em torno um do outro pela esquerda, depois pela direita, porque eu não tinha medo disso, podem acreditar, nem um pouquinho de medo, porque meu papá estava comigo e eu o tinha só para mim. Ah, como eu estava feliz! Mas quando, então, minha mãezinha e eu, no momento em que ele veio nos visitar brevemente de novo, pudemos ver as fotos da câmera, ficamos ambas surpresas e no começo não queríamos acreditar, pois em todas as fotos agora também minha mãezinha voava conosco, simplesmente unida a nós como por magia, nos acompanhando no carrossel, dando voltas e voando pelos ares conosco, conforme eu sempre havia desejado em segredo: nós três como uma família de verdade. Ele atrás de mim, ela à minha frente e eu no meio, depois em nova ordem outra vez. Ah, como era bonito. E de algum modo aconchegante, porque ficamos bem juntos os três. Podíamos inclusive nos dar as mãos. Mas minha mãezinha, que ria à vontade em todos os instantâneos, com certeza por estar alegre e também gritando um pouco de medo, ficou séria e objetiva de repente. Falou em "ilusão de ótica" e de "realidade habilmente falsificada". Mas em seguida acabou tendo de rir: "É isso que acontece quando se anda demais de carrossel e não se consegue parar..." Mas de uma irmãzinha que se chamava Lena e era alguns anos mais velha do que eu, também a velha Mariechen de vocês não me disse uma palavra sequer, sei lá por quê. E minha mãezinha fez no máximo insinuações. Mais tarde, no entanto, bem mais tarde, quando a velha Mariechen já não existia mais e eu tinha 14 ou 15 anos, e nós, Lena e eu, já nos conhecíamos bem melhor — a tal ponto que agora somos muito amigas, não é verdade? —, meu papá ia comigo primeiro ao Tiergarten, onde sempre remávamos em círculo por uma hora. Eu podia remar, e ele ficava falando, se me lembro bem, sobre a perseguição aos huguenotes, sobre a noite de São Bartolomeu, na qual jorrou tanto sangue, e sobre outras coisas, todas elas terríveis. E depois fomos para Berlim Oriental, coisa que já era possível depois da queda do muro, onde saímos à cata de material, era assim que ele o chamava, no parque de Treptow. Ah, como nos divertimos! Vocês deviam ter nos visto: três vezes, uma após a outra, porque lá havia uma espécie de parque de diversões com estandes e carrossel, andamos de montanha-russa, não apenas porque meu papá gostava tanto de andar de montanha-russa quanto de carrossel, mas também porque ele necessitava com urgência desse material, conforme dizia, e para um livro que ainda estava longe de estar pronto, mas no qual um homem velho, o personagem principal

152

do livro, que se chamaria Fonty, e andaria de montanha-russa, remaria e sei lá mais o quê com sua neta francesa, sempre no Tiergarten. E por isso nós íamos ao Treptower Park, onde ele logo providenciava bilhetes para duas viagens seguidas. Mas a montanha-russa se mostrava já bem fraca por causa da idade. Ainda era dos tempos da República Democrática Alemã. Gemia e rangia nas curvas, de modo que pensávamos que em pouco ela penduraria as chuteiras. Mas uma vez que a velha Mariechen já estava morta na época e não podia, portanto, estar presente, pois de resto a princípio estaria, se não tivesse, e de um jeito tão inexplicável... Pois bem, vocês já sabem do que eu suspeito. Então meu papá me disse: "Quem sabe o que nossa Mariechen ainda poderia ter visto com sua câmera..." Ele certamente se referia àquilo que se desejava mais intensamente e em segredo, e que às vezes inclusive se realiza, como na época no carrossel, quando minha mãezinha, eu e meu papá voamos pelos ares...

Conhecemos isso muito bem! Não apenas comigo, com Paulchen, Lena, claro, comigo o velho também queria andar sempre de montanha-russa, quando nós todos — mas sem Taddel — mais uma vez passávamos férias em Møn e, como em todas as outras vezes, havia o dia de Copenhague no programa. Isso até que era OK, porque a intenção dele era boa. Na época íamos com Camomila ao Tivoli, onde a confusão era grande e havia carrosséis dos mais doidos. Mas ninguém de nós queria andar de montanha-russa.

Só ele é que queria.

Possivelmente tenha se decepcionado conosco.

É o que estou dizendo: queria porque queria andar na montanha-russa, que era supermoderna, cheia de curvas doidas e com uma descida abrupta, pois é, digo inclusive que parecia bem perigosa. Da roda-gigante ou de outras coisas que fossem mais calmas eu até teria gostado, acharia OK. Por mim, teria andado até mesmo no carrossel, no qual ele convenceu inclusive Camomila a andar, mas na montanha-russa, eu já disse, nenhum de nós queria andar, nem mesmo Paulchen, que de resto fazia todas as vontades dele. E quando me deixei convencer por ele e ele deu uma volta com nós todos no trenzinho da montanha, eu precisei vomitar logo depois, atrás de uma barraca, no meio de uma moita. Por sorte Marie não estava presente com sua câmera. Com certeza ela teria, uma vez que fiquei sentindo as ânsias de vômito por muito tempo, feito sei lá o que disso.

Mesmo assim foi uma pena e tanto, que tivéssemos de ir ao Tivoli sem ela, porque ela precisava cuidar de nosso cachorro, que na verdade era meu.

Mas sempre quando em nosso povoado um navio deixava o estaleiro, a velha Marie estava a postos sobre o dique e fotografava, em pé ou de cócoras, o momento exato em que o navio deixava o ancoradouro.

Na maior parte das vezes a nossa Paula estava junto, e Camomila não gostava nem um pouco de ver que a velha Mariechen lhe dava gema de ovo em segredo.

Eu sempre podia carregar a sacola dela com os filmes. "Tu és meu assistente, Paulchen", ela dizia.

Eram navios de carga costeiros — isso mesmo, Taddel, nós os chamávamos de navcars — os que deixavam o estaleiro do lugar.

Os festejos eram sempre bem grandes. Um bocado de povo em volta. Gente comum de Wewelsfleth, e além deles políticos convidados. É claro que o prefeito, que se chamava Sachse, estava sempre no alto do pódio. Discursos eram feitos. Mesmo quando chovia. Na maior parte das vezes uma mulher de chapéu, conforme, aliás, acontece no batismo de um navio, jogava do pódio onde estava uma garrafa de champanhe à proa do navio recém-construído. E o tempo inteiro os tocadores de tambor e de pífaro do povoado tinham um bocado a fazer. Mas Mariechen não se interessava por isso. Estava fixada apenas no navio, como ele deslizava devagar e em seguida rapidamente até o Stör, deixando uma esteira gigante atrás de si, mas então, pouco antes da outra margem, onde os navios estavam ancorados próximos uns aos outros, ficava bem calmo sobre as águas. Apontava a câmera, segurando-a diante da barriga ou ficando de cócoras, pouco importava se chovia ou se fazia sol, gastava dois, às vezes três filmes. Sempre apontando apenas para o navio. E eu podia ajudá-la a trocar os filmes. "Bater instantâneos", era assim que ela dizia. Em seguida ela ia para a câmara escura, logo atrás do dique...

Por isso a casa se chamava assim: "Casa atrás do Dique".

Meu papaizinho a comprou, quando, logo após o livro grosso, o mais fino estava concluído. Na maior parte das vezes era assim quando seu livro era editado e chegava ao público.

Realmente não sei, todos nós não sabemos como ele conseguia isso todas as vezes: um best seller após o outro, pouco importava o que o pessoal do jornal resmungasse a respeito.

"O dinheiro", dizia Mariechen, "é importante para o pai de vocês apenas para que ele não fique dependente de ninguém. Para si mesmo ele precisa de bem pouco: tabaco, lentilhas, papel, de vez em quando uma calça nova..."

E quando ele comprou a Casa atrás do Dique, ele me disse: "Do contrário o estaleiro vai comprá-la, derrubá-la e construir um depósito de concreto e telhado de zinco exatamente no lugar onde ela está."

Isso ele ouviu de Sachse, o prefeito, porque este se preocupava com a beleza de seu povoado.

E por isso meu papaizinho precisou logo oferecer mais do que o estaleiro. "Ora, vale a pena mantê-la em pé", ele disse.

"Com certeza tem duzentos anos. Seria lamentável deixar que a derrubem."

Provavelmente, no entanto, ele tenha comprado a Casa atrás do Dique apenas porque o Prebostado da Paróquia se tornou um pouco barulhento demais. Muita confusão subindo e descendo as escadas. Pois sempre havia amigos nossos por lá, que entravam e saíam. Tenho certeza de que foi só por isso que o velho instalou sua oficina com console para escrever em pé, caixas de argilas, cavaletes giratórios e todas suas bugigangas na Casa atrás do Dique.

Saía pela manhã para trabalhar, voltava para o café e depois desaparecia de novo.

Era assim, quando ele cuidava da ratazana na gaiola.

Queria ficar sozinho com sua ratazana.

Até mesmo Camomila o visitava apenas raramente.

Não é verdade. A ratazana só veio mais tarde, bem mais tarde...

Ficar sozinho ele quis desde sempre, por toda parte, até mesmo na Casa de Tijolos, bem cedo...

É possível que já tenha desejado ter uma ratazana há tempo, com a qual pudesse ficar sozinho...

Mesmo assim eu ia muitas vezes à Casa atrás do Dique, porque nossa Mariechen tinha sua câmara escura na parte dos fundos, no sótão, e Camomila lhe arrumou uma moradia bem confortável no caixote antigo. E eu, só eu, podia entrar, depois de lavar minhas mãos com sabão, e apenas de quando vez, em sua "sacrossanta", que era como ela chamava sua câmara escura. Era sempre um bocado emocionante. Pois ali vi o que ela fazia sem a ajuda de qualquer truque, podem acreditar nisso, sem qualquer enganação com seus rolos de filme, que ela antes enchera com sua câmera da Agfa, do alto do dique, quando um navio de carga costeiro deixava o estaleiro mais uma vez... De qualquer modo, se tratava de um processo de ampliação completamente normal, o que ela usava. E uma vez que Mariechen sempre estava presente quando um navio deixava o estaleiro, se podia ficar sabendo em seguida para onde iam os navcars, assim que haviam terminado de ser construídos e ficavam prontos a encarar o mar, para Roterdã ou em torno da Jutlândia, até mesmo quando as ondas eram gigantescas. E de um dos navios de carga costeiros — não me lembro mais como se chamava — a Agfa de Mariechen inclusive conseguiu prever que ele encalharia perto da ilha de Gotland e acabaria naufragando. Em oito ou até mais fotos dava para ver como os contêineres começaram a deslizar sobre o convés em mar dificultoso, e, deslizando cada vez mais, botaram o navio a pique, acabando por fazer com que ele naufragasse com toda aquela carga, da qual pelo menos dois contêineres já haviam sido lançados ao mar antes, e naufragasse em direção a estibordo, nadando ainda por algum tempo de quilha virada para cima, para desaparecer de repente, deixando ver apenas algumas roupas, barris e essas coisas... Vocês não acreditam? Mas foi isso mesmo. Dava para ver: perda total! Mais tarde inclusive foi tudo registrado pelo Wilstersche Zeitung. Camomila leu para nós, ora, e leu exatamente aquilo que eu já ficara sabendo em uma série de ampliações, e o que a Agfa já antevira em seus instantâneos no momento em que o navio deixava o estaleiro. Houve inclusive dois mortos, que mais tarde reapareceram na costa da Suécia... "Oh, meu Deus! Oh, meu Deus!", ela exclamava já quando ao revelar o filme ficou claro o que aconteceria de trágico com o navio no futuro. "Só não conte nada disso no povoado", ela sussurrou para mim, "do contrário eles me transformarão em bruxa. Não faz muito tempo e as pessoas simplesmente queimavam algo como minha insignificância por causa disso. Estopins não faltavam.

Nunca faltaram. E diante disso não adiantava rezar. As coisas iam bem rápido." E em seguida ela ainda disse, depois de um instante de silêncio: "Não mudou muita coisa desde então."

Era exatamente o que ela também me dizia a cada vez que fazia "instantâneos históricos", que era como ela os chamava, pro meu papaizinho: "Pouca coisa mudou desde então, só a moda."

E era isso que acontecia quando ela, no Prebostado da Paróquia, do quarto grande onde não havia uma única pessoa, de modo que se podia ver todos os azulejos amarelos e verdes, fazia uma série de instantâneos para ele, e depois — não é verdade, Paulchen? — pendurava as ampliações ainda frescas, recém-saídas da câmara escura, em sua cozinha, e em todas as ampliações dava para ver uma mesa comprida exatamente no meio do quarto, em torno da qual havia um punhado de velhotes de barba, com certeza uma dúzia, todos eles vestindo roupas das mais estranhas.

E todos fumando longos cachimbos de barro.

E na cabeceira da mesa estava sentado meu papaizinho na condição de preboste e, além da camisa estufada, usava uma peruca longa e encaracolada.

Eu gostaria de saber como é que ela, sem a ajuda de toda a técnica que ainda hoje é necessária, conseguia criar cenas virtuais como essa, pois só com a câmera da Agfa...

Era assim mesmo, Jasper, só com a Agfa. Também quando a nossa Marie fotografou a série com as lápides cheias de floreios barrocos diante da igreja, dava para ver depois como o papaizinho de Taddel andava dessa vez como padreco com uma gigantesca gola branca e um talar negro atrás do caixão. Ainda te lembras? Nós três com Camomila, que parecia uma viúva de luto, sapateávamos atrás dele...

Usando calções negros até os joelhos e com penteados que davam vontade de morrer de rir.

A cena nem mesmo parecia estranha, mas era antes como a de um filme de época.

Mas quem é que estava no caixão dava apenas para adivinhar.

Isso nem mesmo a câmera foi capaz de adivinhar.

Talvez a ratazana dele, que bateu as botas quando ele enfim terminou o livro sobre ela...

E que ele ainda assim manteve por um bom tempo no refrigerador da velha Marie.

Ficou ali, congelada no freezer, porque ele com certeza pretendia descongelá-la algum dia, para que a câmera...

Agora vocês estão mentindo, como meu pai costuma mentir...

Mas foi assim mesmo!

Vocês podem contar um bocado de outras coisas, que são completamente doidas, porque eu quase sempre estava presente quando ela revelava seus instantâneos, dos quais alguns eram realmente engraçados. Até mesmo o estaleiro se tornou histórico por causa dela, pois assim como nossa casa no povoado ainda se chamava a Casa da família Junge, o estaleiro no passado, bem antes de se chamar Estaleiro Peters, recebia o nome de seu proprietário, o construtor de navios Junge. E no Estaleiro Junge eram construídos um bocado de chalupas de caçar baleias. Em seguida elas navegavam, com sua tripulação, toda do povoado, até a Groenlândia, e de lá voltavam. E numa dessas chalupas, que depois da longa viagem agora voltava para casa com a maré pelo Stör, e que nossa Marie deve ter encontrado com o visor da câmera do alto do dique, não me pergunte como, foram feitas ampliações bem nítidas, nas quais tu, Taddel, podias ser reconhecido com toda a clareza. Eu sempre quis te contar isso, pode acreditar em mim: como grumete, com uma carapuça na cabeça. Cara, como deves ter sentido medo em alto-mar, sobretudo quando a tempestade soprava e as ondas se erguiam. Parecias acabado. Nada mais que um montinho de cuspe. De dar pena, de verdade. Claro que o capitão da chalupa de caçar baleias era teu papaizinho. Quem, se não ele?

E daí? Não fico nem um pouco admirado com isso. Já quando eu ainda era pequeno acreditava piamente que ele, com um arpão na mão, porque eu, quando ele andava em viagens de campanha eleitoral contra os tubarões da política pela região, só via nisso grandes batalhas com a baleia, e como ele...

Só é estranho que teu papaizinho em uma série de fotos dos instantâneos históricos pudesse ser reconhecido em outra função, qual seja a do construtor de navios Junge...

Ora, mas é bem lógico, porque este aparece em todos os seus livros, ora na condição de personagem de primeira, ora em um papel paralelo, ora assim, ora assado, e às vezes mal pode ser reconhecido, mas sempre, como se sempre se tratasse dele, na parte mais importante ou apenas de maneira secundária.

Por isso ele estava sentado numa das fotos, que Mariechen inclusive ampliou, coisa que ela de resto jamais fazia, como se fosse o construtor Junge conosco na sala grande de ladrilhos do Prebostado da Paróquia. Diante dele, ele tinha o modelo de sua famosa chalupa de caçar baleias. O modelo se encontrava sobre a mesa e parecia mesmo um dos modelos da Junge, que ainda hoje podem ser vistos nos museus de navegação de Altona. De barba negra espessa, ele estava sentado ali, com um gorro de pompom na cabeça.

E com certeza de cachimbo na boca.

É possível. Mas nós três estávamos parados em volta dele, dessa vez como aprendizes do estaleiro. E atrás de nós podiam ser reconhecidos todos os ladrilhos, que supostamente vieram da Holanda...

Eram de Delft, azuis e brancos, coisa que não dava para ver nas fotos da câmera. Mas algo assim, Paulchen, tu não podias saber na época, ou seja, que no passado se pagava os capitães de chalupas baleeiras com ladrilhos de Delft. E estes pagavam suas novas chalupas em parte com ladrilhos. Era uma espécie de moeda. Li isso num livro que tratava da caça de baleias. E foi assim que os ladrilhos entraram em nossa casa, eu acho.

Ainda hoje estão colados nas paredes.

Alguns com moinhos de vento e com meninas pastorinhas de gansos.

Mas também alguns com histórias da Bíblia.

Destes, eu ainda me lembro, Camomila nos explicou, porque ela sabia de tudo que se referia a histórias bíblicas...

E a véia Marie teve de fotografar para meu papaizinho cada um dos ladrilhos bíblicos individualmente, para que ele sempre tivesse do que falar.

Num deles eram contadas as bodas de Canaã. E como Jacó luta com o anjo. E ainda outras grandes histórias: Caim e Abel, a sarça ardente. E o dilúvio, naturalmente, porque o velho precisava com urgência dessas histórias de horror para seu livro da ratazana, no qual aliás...

Só posso me mostrar surpreso, mano, com o que os três vivenciaram no povoado, enquanto eu tinha de me virar numa chácara, lidando com vacas, da manhã à noite lidando com vacas...

Ou eu em Colônia, na escola técnica...

Mas para mim isso estava longe de ser tudo OK. Era antes entediante o que acontecia naquele fim de mundo...

Mas Taddel e Paulchen até que haviam se adaptado muito bem ao povoado. Pelo menos era o que me parecia, quando eu, coisa que raramente dava certo, passava um fim de semana com eles, porque meu chefe excepcionalmente me dava uma folga.

Íamos às festas do povoado.

Em Wilster até havia quermesse.

E uma discoteca, na qual eu mais tarde...

Tinhas de ver como era, Nana, porque no parque de diversões até havia um carrossel um bocado antigo...

É mesmo, porque não vinhas nos visitar de vez em quando...

Porque...

Assim poderias dar dezenas de voltas com teu papá...

Porque eu...

E nossa Mariechen com certeza teria fotografado vocês com sua câmera...

Lamentavelmente era impossível, porque...

Poderias pegar na mão dele...

Ora, porque Camomila...

Ou teu papá...

Chega! Basta!

Mas eu me sentia bem com minha mãezinha, ainda que de vez em quando desejasse algo em segredo, que lamentavelmente não podia ser realizado. Mesmo assim gosto de escutar o que vocês dizem quando contam as coisas maravilhosas que a Mariechen de vocês, ou a véia Marie, como Taddel a chama, era capaz de fazer com sua câmera, as mágicas que inventava: instantâneos nos quais o passado voltava a reviver...

O que, mano? Sabemos disso! Ela já fazia essas coisas quando ainda éramos pequenos. Na época, quando Taddel nasceu, e bem antes de Lara ganhar seu Joggi.

Em vocês, Lara e Nana, ainda estávamos longe de pensar...

Nenhuma choldraboldra e quem foi o primeiro a...

A velha Marie fotografou nossa Casa de Tijolos por dentro e por fora com sua Agfa-Especial, para que papai pudesse ver quem vivera por ali no passado e pintara suas coisas no sótão, onde ele ficava sentado agora. Era alguém que mais tarde inclusive ficou famoso, e isso com uma fotografia especial. Era um pintor de paisagens marítimas. Pintava quadros conhecidos como marinhas. Navios de três mastros de velas enfunadas, mas também vapores transatlânticos. Mais tarde quase sempre navios de guerra. Cruzadores e outros do tipo, quando a Primeira Guerra Mundial começou, e nossa frota e a dos ingleses lutou e se afundou mutuamente no Mar do Norte. Eram quadros da batalha do Doggerbank e da batalha de Skagerrak, nas quais morreu muita gente. Mas um dos quadros que ele pintou tratava da batalha marítima nas ilhas Falkland. Elas ficam bem longe, perto da Argentina. Ali dava para ver restos de um cruzador alemão que se chamava "Leipzig". Ao fundo, navios de guerra ingleses fumegam. E na parte da frente um marujo se encontrava em pé sobre uma prancha ou sobre uma quilha que ainda restara do cruzador, em meio às ondas. Ele segurava com uma ou com ambas as mãos uma bandeira, que parecia com as bandeiras que os skinheads da direita ainda carregam hoje em dia por aí, quando querem aparecer na televisão. Chamava-se "O último homem"...

E justamente desse quadro a Agfa-Especial de Mariechen conseguiu se lembrar...

Lógico! Porque a câmera dela era retrovidente.

Ainda me lembro como ela se postava na janela grande, curvada para frente, mas ficava olhando por sobre os ombros...

E do mesmo jeito retorcido ela às vezes ficava parada conosco no povoado, sobre o dique, e, com a câmera virada para a frente, olhava para trás, como se o passado ficasse ali e, na frente, houvesse apenas ar. Era bem esquisito.

De qualquer modo, nosso pai pôde ver, depois, nas ampliações, como o quadro se encontrava sobre o cavalete, porque ainda não estava pronto. Diante dele estava o pintor com uma paleta e um pincel nas mãos. Atrás dava para ver a janela grande do ateliê de papai. E, quer vocês acreditem, quer não, ao lado estava parado alguém com um uniforme cheio de distinções, com inclusive uma barba toda encaracolada...

E desse tipo Mariechen, quando lhe perguntamos: "Quem é esse daí?", disse: "É o velho Guilherme, imperador na época."

Quando perguntei a papai, ele — ainda me lembro bem — disse: "O que Marie está contando a vocês é verdade. No passado o imperador entrava e saía daqui sem mais nem menos. Coisa semelhante inclusive pode ser lida na Crônica Citadina de Friedenau. Na parte de cima, no sótão onde eu trabalho, Guilherme II visitava o pintor de marinhas Hans Bohrdt. E diante da casa ficava apenas a guarda de um único policial com o capacete de ponta."

Até mesmo este ela fez reviver com sua Agfa-Especial. Dava para ver como ele ficava em posição ereta, quando sua Majestade se encontrava pronto a deixar nossa casa.

O pintor teria, bem mais tarde, ou seja, na Segunda Guerra Mundial, quando seu outro ateliê, que ficava mais afastado, em Dahlem, foi incendiado, caído na mais profunda melancolia. Morreu pouco depois, pobre e esquecido, em um asilo de idosos.

O velho imperador, no entanto, teria dado conselhos ao pintor: "Aqui ainda falta uma coroa de espuma sobre a onda", ou coisas assim. Motivo pelo qual o pintor — como era mesmo o nome dele? — continuava melhorando seu quadro um pouco. Dava para ver, quando se comparava as fotos.

Tão exatas eram as recordações da câmera.

Talvez sua especialidade fosse não apenas realizar desejos, mas gravar tudo que era passado como se fosse um computador, em termos virtuais, mesmo que na época ainda não existissem discos rígidos nem disquetes.

Por isso eu enchia Mariechen de perguntas: "O que há de especial na câmera?" Mas ela não se dignava a dizer uma palavra sequer a respeito. "Não quero saber nada disso, Pat. É um mistério. E basta!", ela dizia. "O principal é que minha câmera vê o que foi e o que será."

Pois tudo o que aconteceu em nossa casa mais tarde a Agfa-Especial soube precisar com toda a exatidão, e na guerra seguinte bombas incendiárias caíram pelo telhado, jogadas em grande quantidade pelos ingleses ou americanos, antes de minas aéreas e bombas explosivas a destruírem completamente.

Mas elas logo foram apagadas, de modo que nosso pai, ao comprar a Casa de Tijolos, só encontrou algumas tábuas do piso carbonizadas no meio de sua oficina.

Mas a Agfa-Especial conseguiu mais um de seus espetaculares flashbacks...

É verdade. Dava para ver, como as bombas...

Eram bombas incendiárias...

... é o que estou dizendo, ainda bruxeavam e como alguém — era um outro pintor que pincelou seus quadros lá em cima depois do pintor de marinhas — jogava a areia de um balde sobre o fogo...

Havia fumaça demais em volta, de modo que não dava para reconhecer o homem com o balde de areia. Mas então, ainda lembro, nosso pai contou com certeza pela centésima vez sua história: "Não fique admirado, Jorsch, com o fato de a câmera mostrar o que aconteceu. Ela ainda sobreviveu a outras coisas: perda total quando o ateliê fotográfico de nossa Marie pegou fogo. Não apenas a câmara escura, todas as bugigangas que pertenciam a ela e seu Hans..."

E então também vinha sempre: "Hans na época fotografava com sua Leica no front, ora aqui, ora acolá, sempre buscando coisas atuais. Primeiro as guerras-relâmpago e invasões, mais tarde apenas retiradas..."

A Leica ainda existia naquela época. Assim como a Hasselblad...

Mas elas eram incapazes de vislumbrar o passado ou prever o futuro como a Agfa fazia. Ora, vocês vivenciaram tudo, e eu também: primeiro com meu porquinho-da-índia, depois com meu Joggi. Até para Lena, quando a velha Marie fez dela uma personagem engraçada sobre o palco. E isso que tu preferias representar alguma coisa mais trágica, com lágrimas, desespero e essas coisas todas...

Para Jasper e Paulchen deve ter sido terrível quando ela bateu as fotos do navio que mais tarde acabou indo a pique...

... como foi terrível para mim quando ela revelou meu futuro no palco na condição de velhota engraçada... Não! Eu vejo as coisas de um modo bem diferente... Por exemplo...

Mas minha mãezinha e eu, assim como vocês com o navio naufragado, também vivenciamos coisas futuras, mas que foram maravilhosas. Algo que só se podia desejar, pois mesmo que tenhamos conhecido a velha Mariechen de vocês apenas na fase final, e só quando meu papá vinha nos fazer suas breves visitas e a trazia consigo, ela nos mostrou do que sua câmera era capaz, ela que não era apenas retrovidente, mas também sabia tudo de antemão. Assim, certa vez fomos os quatro, num belo dia enso-larado, passear ao longo do muro, que na época já era pintado, do nosso lado, em cores berrantes por grafiteiros, mostrando símbolos estranhos e figuras absurdas. Andamos até o ponto a partir do qual podia ser vista, atrás do muro, a parte superior do Portão de Brandemburgo. Mas apenas quando seguimos adiante a velha Mariechen de vocês fotografou nós três, minha mãezinha, meu papá e eu no meio, como eu sempre desejara, bem na frente do muro colorido, e depois segurou a câmera bem distante de seus olhos e bateu foto após foto, enquanto minha mãezinha não parava de rir. E então? Oh, milagre! Quando ele, em sua breve visita seguinte nos mostrou o que foi possível conseguir graças à câmera da Agfa, vimos que em todos os instantâneos — inacreditável! — o muro estava avariado. E em cada um deles o muro um pouco mais derrubado, até que era possível ver nós três, no último instantâneo — eu no meio —, diante de uma fenda aberta no muro, larga como um armário, que em ambos os lados havia sido quebrado mostrando extremidades dentadas, das quais sobressaíam hastes de ferro retorcidas. Pela fenda, no entanto, atrás de nós três, dava para ver toda a faixa da morte logo após o muro derrubado, e enxergar bem longe em direção ao leste. Isso deixa vocês de olhos arregalados, não é verdade? Mas Taddel se recusa a acreditar, por certo dirá "trapaça" a isso, e o mesmo fará Jasper. Nós também não queríamos acreditar, por mais contentes que estivéssemos nas fotos. Pois a princípio, em termos políticos ou meramente de poder, como diria Lara, nem de longe daria para pensar nisso. "Bonito demais, para ser verdade", ainda ouço minha mãezinha dizer. Lamentavelmente meu papá levou todas as fotos consigo. "Para o arquivo", ele afirmou. "Vou precisar delas mais tarde, quando enfim tiver chegado o tempo." Mas quando, depois de alguns anos, o muro caiu de verdade — e com ele tantas outras coisas —, e quando também já não existia mais a velha Mariechen de vocês com sua câmara, meu papá, que já tinha o livro na cabeça naquela época, sim, me refiro ao livro que trataria do muro e do vasto campo por trás dele, me dissera: "Foi assim mesmo, Nana, minha filha. Nossa Mariechen acreditava na câmera dela, porque sabia o que foi e o que seria e também o que os outros desejavam, por exemplo que o muro não existisse mais..."

Ela deve ter batido essas fotos bêbada.

Deve ter acontecido quando ela já estava descendo a ladeira.

Quando foi que ela começou a beber?

Em segredo, ela foi sempre chegada numa bebidinha...

Provavelmente escondesse as garrafas em sua câmara escura.

Camomila diz que não é verdade.

Também mal consigo imaginar que nossa velha Marie fosse viciada em álcool, em termos de bebida...

Mas ela era.

E quando Taddel tinha coragem de perguntar, "E então, Mariechen? Tomou um copinho a mais de novo?", ela só dizia: "Logo eu! Nem uma gota. O que estás pensando, seu carniça!"

O pai vê a coisa de modo bem diferente: ela amou vocês, não apenas Paulchen. Para os sofrimentos de Taddel ela sabia encontrar saídas nos pequenos formatos de suas fotografias. Lena brilhava em papéis principais no futuro, tanto em grandes quanto em pequenos palcos. Pat podia ser visto já quase adulto em uma série de fotos, transportando peças de uma máquina copiadora para o lado oriental, que eram proibidas por lá. Mas é claro, para panfletos! Ela se preocupou com ele, com todos vocês. Até mesmo a agulha traiçoeira na perna de Nana, que a cada pouco era operada em vão, ela tentou encontrar, mas lamentavelmente... E quando Jorsch começou a roer suas unhas...

Mas eu poupei vocês. Proibi Mariechen de mostrar uma única dentre as fotos horríveis que ela, admito que atendendo a meus desejos, fez dos dois armários de dormir, as assim chamadas alcovas. Pois a câmera dela era capaz de ver o que aconteceu até o século XVII, quem foi que dormiu naqueles caixotes mofados, ora de pernas dobradas, ora meio sentado, alguns com coifas e gorros de dormir na cabeça, sem acordar, dormindo para sempre, frios: mulherzinhas ressequidas, anciãos desdentados, e no passado crianças atrofiadas, que a tísica, e mais tarde a gripe espanhola acabou levando. "Não", eu dizia a Mariechen, "esses instantâneos servem apenas para uso interno; os muitos cadáveres."

E nem mesmo Paulchen, que na condição de assistente da câmara escura sabia mais do que agora quer admitir, viu a série de fotos da alcova sendo revelada. Todos os que há tempo dormem o sono eterno; prebostes e suas mulheres, o construtor de navios Junge, por fim a filha mais velha do último, Alma. Em sua loja podiam ser compradas barras de alcaçuz e açúcar-cândi por alguns centavos não apenas para Lena, Mieke e Rieke, mas para todas as crianças do povoado...

Mas para vocês isso não basta ou então é demais. Sim, crianças, eu sei: ser pai é apenas uma afirmação que deve ser confirmada constantemente. E assim tenho de mentir para que vocês acreditem em mim.

Coisa torta

Eram uma vez. Mas agora eles estão irreversivelmente adultos e obrigados a pagar impostos, contam, assim como Pat e Jorsch, cabelos grisalhos, virarão, tal como Lara, ainda que não tão logo, avós, têm, assim como Jasper, problemas com compromissos demasiado próximos uns dos outros, mas ainda estão, todos os oito, sentados na casa de Lena, que dessa vez, entre duas apresentações no teatro, convidou todo mundo:

— Não resta tanto tempo assim, se quisermos terminar antes de meados de outubro.

— E ainda por cima tudo deve correr segundo as ordens de papá. Ele simplesmente vai nos inventar! — exclama Nana.

— E vai botar palavras em minha boca que absolutamente não são minhas — queixa-se Taddel.

— Quase parece que alguns dos irmãos querem negar — Pat fala em boicote, mas então Jorsch diz:

— Deixem o velho em paz...

E Paulchen prevê "histórias da câmara escura das mais doidas".

O apartamento alugado de Lena em Kreuzberg fica no quarto andar de uma construção antiga toda reformada. Ao que parece agora se tratará de Jasper, Paulchen e Taddel, mesmo assim Lara e Pat vieram de longe para participar. Nana decidiu tirar folga, porque, conforme diz, "sempre é bonito ouvir histórias antigas, das quais eu teria gostado muito de participar". Jorsch se apresenta com novos receios. Armado de detalhes técnicos, ele questiona a câmera: "O louco nisso tudo é que a velha Marie deve ter fotografado não com a Agfa-Especial, de capacidade muito maior, e sim — estou certo disso — com a mais simples de todas as câmeras, ou seja, com a assim chamada caixa baratinha. Era assim que a chamavam, porque custava apenas 4 marcos imperiais. Chegou ao mercado em 1932, durante a crise econômica mundial. Mesmo assim conseguiu vender quase 900 mil exemplares."

De modo um tanto circunstanciado, ele explica a propaganda da empresa Agfa, cujas regras previam que o comprador em potencial deveria coletar moedas de um marco com as iniciais que identificavam o local em que haviam sido cunhadas, ou seja A-G-F-A, ao mesmo tempo o nome da firma, para conseguir comprar a câmera pelo preço mais barato. "As pessoas faziam fila!"

A isso Taddel anuncia ter dúvidas bem fundadas: "Pouco importa com que foi que ela fotografou, depois ela aplicava truques e fazia trapaças, até que acreditássemos, fôssemos obrigados a acreditar."

A isso se segue um silêncio, que Pat suspende, ao dizer que gostaria de saber por que Nana trocou de escola alguns anos depois da queda do muro, "indo justamente do lado ocidental para o lado oriental de Berlim? E para se tornar parteira, ainda acabaste por ir até os saxões, em Dresden". Um dos filhos — será que foi Taddel ou Jasper? — não pode se conter e tira uma conclusão disso: "Te tornaste uma verdadeira alemã oriental." E Nana responde: "Em princípio sim."

Lena preparou a mesa com uma tábua de queijos ricamente composta, azeitonas e nozes, além de todo o tipo de pães.

Paulchen abre as garrafas de vinho branco. Todos os oito, que a partir de então não gostariam mais de ser adultos, querem começar ao mesmo tempo.

E quando foi, enfim, que nosso pai ganhou a ratazana de presente?

No aniversário, talvez?

Parece que desejava uma havia tempo.

Muito pior! Ela estava debaixo da árvore de Natal, encolhida em sua gaiola.

E para mim meu papá disse: "Certo é que as ratazanas haverão de sobreviver a nós" — era assim que ele se expressava — "a espécie humana..."

"... porque esses roedores se mantiveram vivos mesmo no atol de Bikini tomado pela contaminação nuclear..."

Conhecemos bem essas sentenças dele!

Mas não foi Marie, e sim Camomila que, enfim, lhe conseguiu a ratazana.

E com sua Agfa, mal a gaiola estava na oficina dele...

Está bem, está bem Paulchen! A ratazana pode esperar, ainda que o animal fosse o máximo. Vamos deixar que Jasper conte primeiro como foi que a velha Marie o desmascarou de um jeito que foi absolutamente genial.

Não gosto de falar disso. Não me dei muito bem no povoado. Não havia ninguém ali com quem eu pudesse conversar razoavelmente, ora, sobre livros, filmes e essas coisas... Também com vocês não. Na escola até que as coisas iam bem, mas de resto: nada de novo. Vocês tinham um punhado de amigos, verdadeiros camaradas entre eles. Até mesmo as festas do povoado vocês achavam engraçadas.

E Taddel tinha uma namoradinha que era realmente muito simpática...

E por ti, Paulchen, havia sempre umas meninas de Glückstadt esperando na parada de ônibus, exatamente na frente de nossa casa, umas até bem bonitas entre elas.

Cacarejavam como galinhas, eram loucas por ti.

Coisa que não importava nem um pouquinho a nosso Paulchen.

Passavas por elas fazendo cara de bacana e nem as olhavas.

Estavas sempre com teu cachorro passeando pelo dique. Paulchen e Paula ao longo do Stör em direção a Uhrendorf, Beidenfleth...

Ele cortava espigas de junco e as vendia no ancoradouro da barca, 10 fênigues a peça, para os viajantes.

Ou ficava enfiado na Casa atrás do Dique com Mariechen, que, sem resmungar, o deixava entrar em sua câmara escura.

E então a coisa ficou feia quando a coroa da Marie teve de cuidar de nós porque meu papaizinho queria fazer mais uma vez uma de suas grandes viagens, à China, Tailândia, Indonésia, às Filipinas, e sei lá mais onde, por fim também a Cingapura...

Até conseguiu convencer Camomila a acompanhá-lo.

Deve ter sido antes de ele ganhar a ratazana.

Os dois ficaram fora por mais de um mês...

Claro, a ratazana ainda não existia há tempo, a não ser no máximo na cabeça de meu papaizinho, como desejo a ser realizado.

Que teatro que foi aquele, antes de eles partirem.

Ainda me lembro como a Sra. Engel, que limpava nossa casa, gritava a cada pouco no telefone: "Da China! Meu Deus, uma ligação direto da China!"

E corria pela casa, toda nervosa.

Chamava por Camomila: "Rápido, venha rápido. Alguém importante está ligando da China."

E na verdade era apenas o embaixador, que também era escritor e desejava que meu papaizinho lhe trouxesse sem falta um embutido de fígado, porque na China, é claro, era impossível encontrar um embutido de fígado de verdade.

E o açougueiro do povoado acabou isolando um em plástico, ele que se tornaria conhecido por seus embutidos de fígado, inclusive foram dois, se não me engano, defumados, bem compridos...

E eles foram juntos, na viagem?

Talvez empacotados entre meias e camisas?

Foi assim mesmo. E o açougueiro recebeu mais tarde uma carta com um cabeçalho dos mais finos, da embaixada em Pequim, em agradecimento.

Ela ficou pendurada depois, emoldurada em vidro, no açougue, bem ao lado do certificado profissional.

E nossa Mariechen, porque o velho assim queria, fotografou os embutidos algumas vezes com sua Agfa, antes de eles viajarem...

Paulchen teve de colocá-los ora nessa, ora naquela posição. Lado a lado, cruzados. Ela botou a lente bem próxima, se esgueirou sobre a mesa...

Ao que meu papaizinho disse: "Estou curioso para ver o que os embutidos têm a nos contar."

E, ao fotografar, ela murmurava coisas incompreensíveis. Parecia chinês.

Mas cuidar de nós três, isso a véia Marie não conseguiu.

Uma vez ela jogou um sapato em Taddel, porque ele supostamente teria se comportado mal. "Carniça! Seu carniça!", ela gritava.

Ela sempre dizia algo assim quando brigava contigo, porque tu mais uma vez chegavas tarde...

Ela às vezes endoidava de verdade.

E começou a beber escondida, aos poucos.

Mas não deixamos que ela percebesse que notávamos quando ela bebia três copinhos a mais.

E eu também só ficava lendo em meu quartinho, seja lá que livros que eu conseguia. Ou ia a Glückstadt, onde tinha um camarada, que embora fizesse coisas tortas, de resto até que era bem OK...

Como ele se chamava?

Era mais velho do que eu. O nome não importa. Ele me deixava impressionado, porque não tinha medo de nada. Não, Pat! É o que estou dizendo: o nome não importa. De qualquer modo, isso teve consequências, porque meu camarada e eu...

Mas primeiro meu papaizinho voltou de viagem com Camomila. Todos ganharam presentes. Não lembro mais o que foi.

Mas Mariechen não contou nada de nós, isso vocês têm de admitir, ora, daquilo que havia corrido mal durante a viagem. Sobretudo com Taddel e comigo, as coisas da escola e tudo o mais.

É mesmo, a velha fechou o bico.

Nesse sentido ela era OK.

Não fez nem mesmo observações engraçadinhas sobre minha namorada do povoado. Ela tinha pais que haviam viajado e eram absolutamente normais... Bem diferentes de meu paizinho. Ele voltou da China com uma ideia das mais esquisitas, que ele tivera durante a viagem. E o novo livro também acabou se chamando *Partos disparatados do cérebro*, que ele aliás começou a escrever logo após a volta. Nele, papai dizia que nós, os alemães, não tínhamos mais vontade de ter filhos, e por isso aos poucos iríamos ser extintos, enquanto na China e em outros lugares havia crianças suficientes, até demais, no mundo. Ele queria que fosse um livro bem fino.

De qualquer modo, ele precisou bem pouco de nossa Marie para escrevê-lo.

Ele mesmo podia imaginar tudo, de modo que por algum tempo não houve o que fotografar para ela.

Mas pode ser que as fotografias dos embutidos de fígado, que ela com certeza revelou para a viagem à China, já proporcionassem material suficiente para seu novo livro, pois dos embutidos ele...

De qualquer modo, Mariechen estava sem trabalho. Sempre ficava andando em torno do dique. Embora tivesse a Agfa pendurada ao pescoço, e às vezes até batesse uma foto, eram apenas das nuvens e do céu azul quando fazia tempo bom, onde de resto não havia nadica de nada.

As coisas continuaram assim com ela, porque meu papaizinho, quando logo depois terminou o livro, no qual os embutidos de fígado fotografados têm um papel secundário absolutamente importante, fez pela primeira vez uma longa pausa...

Não estávamos acostumados a isso, nem Camomila estava.

Nos pareceu bem estranho vê-lo sentado assim pela Casa atrás do Dique, ocupado apenas com suas figuras de argila...

Só ficava cismando.

Talvez, porque já na época imaginava o que iria nos acontecer, em termos de clima, de energia atômica e essas coisas de futuro, eu acho...

A pausa de qualquer modo se estendeu. Por um ano e depois mais, enquanto no meu caso tudo o que tinha a ver com escola ia mal de novo. Fui reprovado, tive de ir a Wilster, na escola secundária moderna, onde eu...

Mesmo assim te tornaste professor, antes de mudar para o cinema, possivelmente porque na escola em que lecionavas...

... e Taddel queria provar para nós...

Dizem até que todo mundo gostava de ti como professor: severo, mas justo!

Por algum tempo quiseste — coisa que chegou até mim, na chácara — ser policial. Mas então a Camomila de vocês teria dito: "E o que vais fazer, Taddel, se aqui, uma vez que a usina nuclear for construída nas proximidades, nós todos corrermos pelos campos e protestarmos? Ora, todos os teus irmãos: Jasper, Paulchen, e com certeza também Pat e Jorsch? Vais vir e nos espancar com teu cassetete de borracha?"

Isso seria impossível para mim, absolutamente impossível. Ainda que na época eu não tivesse nada contra a energia nuclear... Mas então tive a ideia de estudar hotelaria. Até cheguei a tentar.

Que teatro que foi quando Taddel viajou a Munique.

Na estação ferroviária de Glückstadt, ele ainda fazia de conta que estava tudo OK com ele. Nossa Marie veio especialmente para isso com sua câmera, coisa que ela fazia apenas raramente, e te fotografou, de cócoras, e algumas vezes no exato instante em que embarcaste no trem.

E quando o trem partiu, ela correu atrás dele, e ainda batia fotografias enquanto corria...

E gritou atrás de ti: "Embora sejas um carniça, me farás falta, meu Taddelchen!"

Só fotos de despedida!

Mas não chegamos a ver nenhuma.

Nem mesmo eu. Deve ter saído algo bem ruim, uma catástrofe total em sequência, que a Agfa dela previu.

E de fato, mal nosso Taddel estava alguns dias fora, já chegavam cartas, a cada dois dias uma, todas dirigidas a Camomila, nenhuma delas a seu papaizinho...

Elas estavam todas complemente manchadas de lágrimas, tantas saudades de casa tu sentiste...

Oh, pobrezinho!

A mudança deve ter sido extrema demais.

Mas vê bem: logo Nana estará chorando apenas de ouvir, porque nosso Taddel...

"Quero voltar para casa, para casa", tu te lamentavas, como mais tarde fez o E. T. no cinema. Ora, aquele anãozinho que só queria telefonar...

Embora o velho tenha dito no início: "Assim são as coisas. Agora ele vai ter de encarar", em seguida foi OK até mesmo para ele o que Camomila já havia decidido há tempo. "Nosso Taddel tem de voltar. As saudades de casa que ele sente não são nem um pouco fingidas. Ele precisa da família." E até mesmo Marie, que vivia brigando contigo, achou que estava certo assim.

E nós festejamos quando ele voltou.

Ah, como deve ter sido bonito.

Mas, quando voltei com o rabo entre as pernas, eu estava bem deprê...

Ora, ora! Estavas para lá de feliz, quando pudeste voltar à escola...

... ainda que em pouco já não gostasses mais outra vez...

Exatamente como era comigo. Nisso nós éramos parecidos.

Só Jasper não teve nenhum problema com esse troço de escola.

Mesmo assim te incomodaste um bocado.

Como assim? E com quem?

Ora, pode ir contando tua historinha do camarada de Glückstadt.

Primeiro a ratazana, pois a coisa estúpida que aconteceu comigo e meu camarada só foi descoberta mesmo depois do Natal. Antes disso, até que tudo estava certo. Taddel voltara, Paulchen perambulava pelo povoado ou estava com Marie. Camomila se ocupava com os presentes. Deveria ser uma surpresa. E de fato, debaixo da árvore de Natal apareceu enfim o que o velho já desejava há tanto tempo, e que nós considerávamos uma das loucuras típicas dele. Mas, simpáticos como nós também sabíamos ser, só rimos um pouco disso — falo da gaiola com a ratazana adulta dentro.

E onde foi que a Camomila de vocês a arranjou?

Não deve ter sido numa dessas lojas comuns de animais, onde podem ser encontrados hamsters, pássaros canoros, peixes ornamentais, com certeza o porquinho-da-índia de Lara, talvez até mesmo camundongos brancos de olhos vermelhos, mas de jeito nenhum uma...

Com um criador de cobras, ela disse, em Giessen, que também criava ratazanas para o consumo diário dos répteis.

Só foi um problema transportá-la.

De qualquer modo, a ratazana, que ficava sentada, toda pacífica, em sua gaiola, levou o velho a escrever de novo. Bastava de pausa e de ficar cismando.

E logo depois nossa Mariechen saiu em busca de material com sua Agfa.

Mas Paulchen, que era o único, como aliás já era antes, a poder entrar em sua câmara escura, não disse palavra a respeito, a não ser que nas fotos que a velha Marie bateu do animal o número de ratazanas só fazia aumentar...

Foi o papaizinho de Taddel que impôs: proibição total de fazer circular informações. Mas agora eu posso dizer tudo: em todas as ampliações — eram pilhas enormes — havia populações inteiras de ratazanas, até mesmo animais que pareciam sair de filmes de terror, meio ratazanas, meio humanos...

... que o velho depois copiou ou gravou numa chapa com o cinzel, como elas corriam por aí, escavavam buracos onde se escondiam, ficavam em pé sobre as patas traseiras, em número cada vez maior, e então se tornavam meio ratazanas, meio humanos, coisa que entrou toda no livro dele, que mais uma vez foi bem grosso...

Mas nós estávamos proibidos de falar do assunto.

"É um segredo", disse Paulchen.

E não foram apenas ratazanas que apareceram. Marie fotografou especialmente para ele um navio raso, que os trabalhadores do estaleiro haviam trazido ao nosso povoado para reformá-lo. Estava completamente decadente. Dava para fazer sucata dele logo de uma vez.

Mas nas fotografias que jaziam pela câmara escura o barco — e foi Paulchen que sussurrou para mim — até que estava com um aspecto bem OK, e parecia novo com suas quatro mulheres a bordo, navegando pelo mar Báltico, por toda parte, e por fim perto de Usedom, onde havia muitas águas-vivas, que inclusive sabiam cantar...

E uma das mulheres a bordo tinha certa semelhança com Camomila que, é claro, era a capitã do navio. Outra podia ser reconhecida como a mãe de Taddel. E — tenho certeza disso, Lena e Nana — a terceira e a quarta mulheres eram semelhantes às mães de vocês. Uma delas, não-sei-mais-qual, era responsável pelo motor da chalupa, a outra pela pesquisa de fontes, porque, na verdade...

Se é que compreendo bem, trata-se de um navio de mulheres em que a Agfa baratinha da velha Marie...

Mais uma vez, Paulchen: em termos de tripulação havia apenas mulheres a bordo da chalupa, mulheres com as quais nosso paizinho teve alguma coisa ou continuava tendo...

... e nossas mães no meio!

Mal posso acreditar: minha mãezinha num navio, e ainda por cima sob o comando da Camomila de vocês...

Vocês poderiam ter lido tudo no livro da ratazana de papá, como a história no final lamentavelmente termina extremamente mal, quando as quatro mulheres se vestem festivamente mais uma vez e botam todas suas joias, porque querem ir ao fundo do mar buscar a cidade fabulosa de Vineta como último refúgio...

Eu não sabia de nada disso. Nada da ratazana na árvore de Natal. Nada das quatro mulheres de papai numa chalupa, ou navio, que seja. Era tudo muito longe. Embora tivesse terminado o curso de aprendizado numa chácara suíça, e além disso concluído a escola agrícola em Celle, já me encontrava numa fazenda ecológica na Baixa-Saxônia, responsável por produzir leite. E, do meu modo, me tornei político, mas não tinha a menor ideia do que estava acontecendo com vocês, esse troço de ratazanas e todo o resto. Também tu, Jorsch, não disseste palavra sobre ratazanas, que ainda por cima eram clonadas e se transformaram em homens-ratazanas... E isso que depois de teu curso em Colônia já estavas há tempo nas terras rasas lá de cima, onde nosso pai vivia com sua Camomila e os três rapazes...

Tens de compreender, mano! A coisa foi assim: quando eu terminei meu curso no WDR, eles acabaram por não me contratar. O canal na verdade cessara as contratações. Era fato, e não podia ser mudado. Por algum tempo, perambulei por aí. Então nosso pai me sugeriu vir morar com vocês, no campo. "Seria bom para teu irmão", ele escreveu, "Taddel precisa de ti." E uma vez que papai tinha comprado uma casa de novo, desta vez uma casa de chácara na região do Krempermarsch, eu pensei comigo, vamos testar ares novos, me mudei até o povoado de Elskop, com sua única estrada, que ficava do outro lado do Stör, e passei a ser, exatamente como meu mano, um verdadeiro caipira. E diante da casa da chácara havia uma grande faia roxa. E inclusive um punhado de estábulos vazios e galpões. E eu fiquei morando numa república. E uma mulher que era a chefona. Ela sempre sabia o que devia ser feito. Foi como uma família para mim, coisa que eu já não tinha há tempo. E quando eu ia com a barca para o outro lado do Stör para visitar vocês, ia não para visitar apenas a ti, Taddel, mas também para espiar a ratazana na gaiola, que ficava sempre na oficina de papai. E é claro que também a velha Marie, que me pareceu pequena e encarquilhada, de algum modo encolhida. Acho que ela se alegrou e disse, "Ora, Jorsch, mas tu cresceste de jeito." E então ela me fotografou, uma vez que eu tinha cabelos compridos além dos ombros, junto com a ratazana. Tenho noventa e nove por cento de certeza de que foi com a câmera baratinha de 4 marcos imperiais fabricada em 1932, com a qual ela... E a ratazana era marrom, não uma dessas brancas, de laboratório. Até podia imaginar o que resultaria disso. Nós estávamos acostumados a coisas desse tipo — não é verdade, mano? — já desde pequenos. Mas contar o que era de fato importante, nenhum de nós contou.

Nem para mim, quando eu ia visitar vocês. Logo depois de concluir meu curso de ceramista com o mestre do lago Dobersdorfer, que exigia de seus aprendizes que eles não tivessem nenhum segredo. Motivo pelo qual ele queria me obrigar a ler meu diário em voz alta, e já pela manhã, à hora do café, quando todos estavam sentados em torno da mesa. Eu me neguei a fazê-lo, mas não conversei com ninguém, nem com Camomila, muito menos com meu paizinho, sobre o assunto que me levou a mudar para Kappeln junto ao Schlei, onde encontrei outro mestre-artesão, e onde terminei meu curso de modo bem normal. Cheguei até mesmo a encontrar trabalho em um fim de mundo de Hessen, mas onde tudo me pareceu ter ares de fábrica em demasia... Eu só fazia mercadorias de massa, motivo que me fez voltar a Berlim, sendo que na mudança imediatamente me apaixonei por um estudante que ajudou a empacotar os móveis. Mas sobre isso — quero dizer, sobre o que resultou disso —, eu não gosto de falar. Os meus filhos poderão contar tudo mais tarde, caso tiverem vontade: como no começo tudo foi bem divertido, embora logo ficasse mal, em termos de casamento — não, Lena, eu realmente não quero falar disso — e como bem mais tarde eu voltei a me casar, e tudo ficou melhor. Mas da ratazana, e do que meu pai pretendia com ela, eu mal cheguei a ficar sabendo de qualquer detalhe, porque dele, mesmo quando vinha a Friedenau e me visitava, não vinha uma só palavra a respeito. Na Casa de Tijolos agora morava um casalzinho, com o qual ele fazia uma revista, que pretendia se engajar pelo socialismo, mas pelo socialismo democraticamente correto. O casalzinho teve filhos em seguida. Deve ter sido culpa de nossa velha Casa de Tijolos, quero dizer, o fato de eles terem filhos. E na cidade me juntei com outros ceramistas numa oficina, e às vezes me encontrava com minhas irmãs mais novas para...

Ah, como era bonito, quando Lara me visitava. Eu era apenas uma criança, ainda, e te admirava, quando vendias teus belos e, conforme minha mãezinha dizia, demasiado baratos produtos de cerâmica na feira semanal de Friedenau. Mas de resto eu pouco sabia de vocês, do que vocês faziam no campo. Por isso fiquei conhecendo da história da ratazana apenas que meu papá sempre havia desejado uma em segredo, e inclusive o disse a mim... Mas jamais soube alguma coisa do navio cheio de mulheres, que um dia foram ou ainda são suas mulheres, assim como a Camomila de vocês continua...

Não apenas tu, Nana, ninguém sabia de alguma coisa.

Porque até mesmo a velha Marie nada dizia.

Ele sempre está escondendo algo.

Por isso ninguém nunca sabe o que vai por dentro dele...

Absoluta bobagem o que vocês estão dizendo! Ele mesmo diz quando alguém lhe pergunta: "Quem procura, me encontra escondido em frases breves e longas..."

Pode até ser que em cada um dos livros possa ser encontrado algo em termos de ego...

Por isso eles ficaram todos tão volumosos...

... como por exemplo o da ratazana.

Eu sabia desde o princípio que seria um livro dos mais volumosos, porque Mariechen a cada pouco voltava a desaparecer na câmara escura e eu, depois de ter lavado minhas mãos com sabão, podia entrar com ela. E o que eu via era uma loucura. No fundo aquilo tudo nem sequer existia. Migrações infindas de ratazanas, procissões de ratazanas, a crucificação absolutamente horrível de uma ratazana. De qualquer modo, não havia mais nenhum ser humano, "apenas ratazanas", conforme dizia Marie, quando trazia as cópias do revelador... Ela mesma ficava chocada. Mas por que, me digam, eu deveria contar algo sobre isso a Taddel ou Jasper? Ninguém acreditava mesmo nas coisas que a Agfa era capaz de fazer. Jasper menos do que qualquer outro. Ele acreditava apenas naquilo que estava escrito em seus alfarrábios. Mas quando a coisa torta, que foi como ele chamou o rompimento, enfim veio à tona, porque nossa Mariechen podia provar com sua câmera como tudo havia se passado, ele ficou chocado à beça no princípio, mas em seguida...

O que foi? O que foi? Ouvi algo como "coisa torta" e "rompimento"...

Ora, que emocionante!

Vamos, Jasper, vamos lá!

Desembucha de uma vez por todas!

Já estamos mais do que cheios de ratazanas...

OK, OK! Já estou começando. Embora Taddel e Paulchen saibam há tempo como foi que tudo aconteceu: a questão envolvia cigarros! Eu os escondi, eram mais de trinta maços, num saco de plástico, debaixo da minha cama. Pensava que eles estavam seguros ali. Mas então Camomila, que sempre encontra e descobre tudo, deu de cara com o saco ao limpar embaixo da cama com o aspirador de pó. E o teatro não demorou: "Onde foi que os arranjaste? Não fumas, ora! Pode ir dizendo, imediatamente, onde foi que os arranjaste." Em seguida ela levou o saco plástico para a sala de jantar e o jogou sobre a mesa, de modo que alguns dos maços acabaram caindo ao chão. E mais uma vez começou o inquérito: "Onde foi? De quem? Como?" Primeiro fiquei de bico calado. Todos estavam parados em volta da mesa. Camomila, Taddel, Paulchen, é verdade, também Jorsch estava presente e — claro! — nossa Marie. Eu continuava mudo. Não queria delatar meu camarada. Era meu único amigo na época. E ele até que era, me atrevo a dizer, bem OK, mas de outra lavra. Me deixava impressionado com o jeito como fazia objetivamente seus negócios, sem ter medo de quem quer que fosse. Mas Camomila fazia cada vez mais pressão à medida que eu emudecia. Então Marie, que continuava parada com vocês em torno da mesa sobre a qual jaziam os maços de cigarro, de repente apontou a câmera idiota dela, e de uma posição bem estranha, por trás, e bateu um filme inteiro, enquanto ficava resmungando e dando risadinhas consigo mesma. Pois é, e então, mal ela pareceu estar pronta com suas fotos, ainda chegou o velho, sim, o pai de vocês, e se intrometeu: "Mas o que está acontecendo aqui?" E Marie, a isso: "Daqui a pouco vamos descobrir." E então, como se isso fosse necessário, ela ainda bateu mais um filme, dessa vez com a máquina às vezes diante da barriga, às vezes voltada para trás, e às vezes ainda deitada sobre a mesa. E sempre focando os maços que haviam caído do saco, por todos os lados. Foi que ela, ainda te lembras, Paulchen, disse a ti, mas também a Camomila, enquanto piscava para o pai de vocês: "Já estou curiosa para ver o que vai ser revelado à luz do dia em menos de um instante."

Nós não chegamos a ver nada disso. Ninguém ficou sabendo o que a câmera da véia Marie supostamente descobriu. E tu, Paulchen, só falavas de modo hesitante. "Dá para ver bem nitidamente, como os dois..." E meu papaizinho, que com certeza viu as fotos, apenas ficou rindo depois: "Meus respeitos! Agiram como verdadeiros profissionais, com um pé de cabra, à noite. Sabiam como fazer as coisas."

De qualquer modo, Jasper — isso agora era certo — simplesmente havia arrombado com seu camarada, cujo nome ele não queria dizer, um caixa automático de cigarros num posto de gasolina de Glückstadt, que não funcionava durante a noite. Foi mesmo uma loucura como vocês conseguiram isso. Quer dizer, só o teu camarada agiu, enquanto tu, coisa que ficou bem nítida nas ampliações, ficaste apenas olhando ou vigiando para ver se não chegava alguém. Mas ninguém veio. E assim vocês dois, com a maior calma do mundo, arrombaram o... Não, nada de moedas, apenas cigarros. Eram cinco ou até sete marcas, não-sei-mais-quais. E em seguida vocês dividiram meio a meio o produto do roubo. Dava para ver como vocês fizeram a divisão.

E depois?

Com certeza levaste uns bons tabefes, não é?

Mas não de Camomila!

Vamos dizer: a coisa poderia ter terminado pior. Apenas fui obrigado a pagar tudo com minha mesada, durante meses, o que no fundo até era OK. Camomila arranjou tudo a seu modo. A ação toda correu de modo anônimo. O velho, no entanto, estou falando do pai de vocês, ora, só ficou rindo: "Algo assim o nosso Jasper com certeza não voltará a fazer jamais. Vamos passar uma borracha em tudo!"

É assim que ele é, meu papaizinho. O que foi, foi, e pronto. Ainda me lembro que quando eu morava em Friedenau e tinha talvez 11 ou já 12 anos... Na época, quando, como dizia a véia

Marie, só a "choldraboldra" imperava em nossa casa e eu não sabia por que em minha família era tudo assim tão confuso... Pois é, na época roubei com meu amigo Gottfried algumas coisas na Karstadt de Steglitz, um pente, um espelho de bolso e mais um troço. Mas o detetive da loja nos pegou em flagrante e logo chamou os pés de porco. Estes, então, levaram a mim e a Gottfried, que afanara uma tesoura de unhas num estojo, com sirene e luz azul até em casa. Gottfried apanhou um bocado de seu pai, que no fundo era bem bondoso, mas também severo. E eu, uma vez que imaginava o que Gottfried ia sofrer, logo disse a meu papaizinho, que jamais bateu em qualquer um de nós, "por favor, por favor, faz de conta que estás me dando uma boa surra perto da janela, para que os rapazes que estão parados atrás da cerca, e olhando para ver o que acontece, pensem todos que eu apanhei um bocado, assim como Gottfried." E foi exatamente isso que ele fez. Sem discutir. Me botou sobre os joelhos diante da janela e fez de conta que... Dez vezes ou mais. E uma vez que nós, que nisso éramos diferentes das famílias normais, não tínhamos cortinas nas janelas que davam para a rua, os rapazes lá fora pensaram todos que eu levei a maior sova. Também gritei como se assim fosse, de modo que meu amigo Gottfried, ao qual contaram o que aconteceu, podia ter absoluta certeza de que meu papaizinho também me...

E o que aconteceu com os cigarros que Jasper arranjou com a ajuda de seu camarada e de um pé de cabra?

Sei lá. Logo depois saí da casa de vocês. Estava com 15 anos, quase 16, quando fiquei um ano nos Estados Unidos, fazendo intercâmbio, coisa que por certo foi bem bacana para mim, mas para Paulchen...

Sou capaz de apostar que a véia Marie aos poucos deu um jeito de fumar a parte de Jasper nos cigarros afanados...

Dá para imaginar muito bem: usando a piteira e antes mesmo do café da manhã.

Aliás, meu camarada, com o qual arrombei o caixa automático, mais tarde, bem mais tarde, quando eu já começara a trabalhar na produtora de filmes Bavaria e constituíra uma família, acabou se tornando funcionário da receita em Elmshorn ou Pinneberg. Mas nos Estados Unidos, onde morei na casa de uma família mórmon...

Eu de qualquer modo fiquei com Taddel no povoado e teria me sentido completamente só se não tivesse a nossa cadelinha Paula, que na época mais uma vez teve filhotes, oito ao todo, que o veterinário lamentavelmente, não contados dois que sobreviveram, levou consigo e com certeza sacrificou com uma vacina letal...

... com os mórmons nos Estados Unidos...

E meu papaizinho só ficava mais recolhido consigo mesmo na Casa atrás do Dique, queria terminar seu livro sem falta, ora, o livro da ratazana e das quatro mulheres num barco, e sei lá mais do que ele tratava.

Os últimos filhotes da minha Paula se chamavam Plisch e Plum...

Pois entre os mórmons é costume...

Motivo pelo qual a véia Marie estava com poucas ocupações. E possivelmente tenha voltado a beber.

Depois acabamos dando os dois, Plisch e Plum, de presente...

Só ficava andando pelo dique em direção a Hollerwettern e depois voltando. Batia fotos, no máximo, de nuvens e montes de merda de vaca ressequidos. E isso fosse qual fosse o tempo, pouco importava se chovia, nevava ou ventava.

Além disso, as coisas comigo e Taddel só continuavam descendo a ladeira na escola.

E então a Camomila de vocês simplesmente decidiu: "Vamos! Façam as malas! Nós vamos mudar todos para Hamburgo..."

Pois é, porque lá supostamente havia escolhas melhores, para alunos com dificuldades...

Porque entre todos os mórmons...

Foi uma mudança total para nós e pro meu cachorro mais ainda.

Mas meu papaizinho, que teria preferido, já que tinha de ser a uma cidade, voltar de novo a Berlim, e diretamente para a Casa de Tijolos, acabou sendo convencido por todos. Na condição de "democrata", conforme ele disse, teve de ceder, coisa que com certeza não foi fácil para ele.

Mas para Nana e para mim teria sido muito melhor e talvez até mesmo nos ajudaria mais se o conselho familiar de vocês tivesse decidido voltar a Friedenau...

... com certeza, perto de nós, conforme eu sempre desejei em segredo e lamentavelmente nunca cheguei a revelar em voz alta.

De resto ninguém perguntava nossa opinião. Nós éramos, mesmo que ninguém o dissesse, extraconjugais...

Mas anteriormente, quero dizer, pouco antes de vocês se mudarem todos para Hamburgo, e Jasper ir viver com os mórmons nos Estados Unidos, a nossa velha Mariechen morreu...

E na cidade...

Não é verdade! Foi bem diferente. Eu mesmo vi tudo, porque estava junto quando aconteceu...

Ora, ora, Paulchen! Isso é apenas tua imaginação que está dizendo...

Só sonhaste isso!

A coisa chegou ao fim de modo bem normal, conforme nos contou Camomila, que foi especialmente a Berlim por causa disso. Queria estar com ela, quando chegasse a hora...

Então vocês com certeza também sabem do que foi que ela morreu?

Foi porque vocês todos saíram do povoado e ela não queria ficar na Casa atrás do Dique, sozinha, apenas com a ratazana congelada no freezer.

Mas não, só porque estava fraca devido à velhice é que ela acabou morrendo. No final, era só mais pele e ossos.

"Não dava mais, toda junta, do que uma mãozinha masúria bem cheia", conforme disse meu papaizinho.

Mas de longe, ora, quando andava sozinha sobre o dique, continuava parecida com uma menina.

E, além disso, já há tempo queria encontrar seu Hans no céu ou "que seja no inferno, por mim", como ela disse várias vezes...

Foi falência renal, segundo Camomila.

Vocês não batem muito bem da bola, vocês todos...

Agora o pai invoca Mariechen mais uma vez, antes de achar para ela o final adequado: ela anda à espreita com sua câmera, pronta para os últimos instantâneos.

No fundo ele queria deixar o fim literalmente a cargo dos filhos, apenas se meter na conversa com cuidado para usar seu poder de convencimento, mas uma vez que todas as filhas e todos os filhos — sobretudo os gêmeos — vivenciaram Mariechen de modo diferente e, inclusive, a viram sempre de modo diferente, Lara está preocupada com segredos nus e crus que possam vir à tona, e Nana, porque teve de ficar esperando à parte por tempo demais, gostaria de ver alguns desejos retroativos atendidos, as filhas e os filhos providenciarão o final de modos diferentes; na condição de pai, ademais, sempre se é responsável apenas pela parte restante.

Pois tudo teria sido mais doloroso, ora mais, ora menos constrangedor. Mas uma coisa é certa: até chegar ao fim, Mariechen fotografava, pouco importando a posição em que estava, até mesmo ao pular. E se ela e sua câmera não tivessem existido, o pai saberia menos de seus filhos, o fio teria se rompido por vezes demais, seu amor não conseguiria abrir caminho pela porta traseira aberta apenas uma fresta — por favor não a batam! — e não haveria histórias da câmara escura, nem as mais distantes, que até agora foram silenciadas, ou então apenas insinuadas: assim como durante a Idade da Pedra, há estimados 12 mil anos, já que a fome imperava, os filhos e filhas podiam ser vistos formando uma horda, e — supostamente atendendo um desejo dele — abatiam o pai com seus machados, lavrados em pederneira, e com cunhas de rocha abriam seu corpo longitudinalmente, arrancando seu coração, o fígado, os rins, o baço e o estômago, depois seus intestinos, e o trinchavam em pedaços para deixar peça a peça assar aos poucos e ficar bem crocante sobre as brasas, ao que nas últimas fotos todos aparecem saciados e satisfeitos...

Lá de cima, do céu

Quando ao final Paulchen convidou, todos chegaram pontualmente. Uma vez que ele vivia com sua brasileira, que aprendera a criar e também costurar uma moda bem chamativa, muito longe, em Madri, ele sugeriu que fôssemos todos jantar nas proximidades do porto, num restaurante português. Em comparação com os preços praticados em Hamburgo, lá seria bem barato. Ele reservaria a mesa com antecedência.

Chegou a hora. Há sardinhas grelhadas. Além de pão e salada. Quem não quer vinho verde, bebe cerveja Sagres. Todos se surpreendem com Paulchen que, é o que parece, faz os pedidos em português. Ainda é cedo, mal anoiteceu, e o lugar não chega a estar cheio. Nas paredes há redes, nas quais estrelas-do-mar ressecadas estão presas decorativamente. Durante o jantar, Nana contou os detalhes de um parto complicado até o detalhe mais suado: "Mas ainda assim acabou nascendo sem cesariana!" Às perguntas de Lara, Lena se queixa sobre os cortes de gastos no teatro. "Mas a gente sempre dá um jeito..."

Depois do café — "Oito bicas, faz favor!", Paulchen grita em português ao garçom — Taddel, que há algumas semanas teve mais uma filha com a ajuda de Nana, imita as expressões engraçadas de seu filho que, segundo afirma Jasper, é parecido com ele até o último fio de cabelo. E eis que agora Taddel é pressionado por todos a fazer de novo, "como era no passado, quando ainda morávamos no povoado", a imitação de Rudi Ratlos, até que ele, que diz não ter "a mínima vontade", acaba cantando o conhecido sucesso musical e recebe aplausos.

Agora até mesmo Lara está pronta a guinchar "como se fosse um porquinho-da-índia", atendendo aos desejos dos outros. Nana é quem ri por mais tempo, e exclama: "Por favor, por favor, mais uma vez!" Apenas Paulchen permanece sério e contido, como se tivesse de se preparar para algo que quer sair sem falta, mas por enquanto ainda está titubeando.

Por sorte, todos os outros querem tomar a palavra, Pat antes de todos. Enquanto Jorsch bota os microfones pela última vez, como todos confirmam, seu irmão gêmeo pergunta quem dos irmãos se incomodou especialmente com o fato de ter um pai famoso. Mas ninguém quer se mostrar exageradamente prejudicado, ou até mesmo fazer o papel de vítima da fama paterna. Lara conta como pediu uma dúzia de autógrafos do pai quando era criança: "Ele os deu sacudindo a cabeça, em 12 folhas, mas depois perguntou: 'Me diz uma coisa, filhinha da minha vida, por que tantos assim?' E então eu respondi: 'Por 12 dos teus eu ganho um de Heintje.'"

Ela não consegue se lembrar se seu paizinho ficou decepcionado ou riu com a troca. Mas ele tentara cantar a musiquinha de Heintje, "Mãezinha me dá um cavalinho". E, para terminar: "E em seguida ele voltou a subir para perto de seu console de escrever em pé onde ficava sua amada Olivetti..."

Com essa dica, Lara deu a deixa a seu irmão Pat.

Assim são as coisas com ele. Foram sempre assim. "É preciso processar as coisas trabalhando", ele dizia. Todos nós podíamos perceber como mais tarde ele precisou processar tudo que vivenciou, quando ainda era jovem e usava calças curtas. Toda essa merda do nazismo, o tempo inteiro. O que ele sabia da guerra, e do que tinha medo, e porque foi que sobreviveu. Depois, quando só existiam mais ruínas por toda parte, ele inclusive teve de processar os escombros e também a fome que sentiu... Fosse na parte de cima da Casa de Tijolos em Friedenau ou no povoado, no Prebosteiro da Paróquia e na Casa atrás do Dique, ou ainda agora em seu Estábulo de Behlendorf, por toda parte, é o que estou dizendo, ele rabiscava e rabiscava ou teclava em sua Olivetti sem parar, sempre diante do console de escrever em pé, correndo de um lado a outro, fumando seus troços — no passado cigarros que ele mesmo enrolava, depois cachimbo —, balbuciando palavras e frases longas como tênias, fazendo caretas, como eu faço caretas, e enquanto isso nem sequer ficava sabendo quando um de nós, eu ou meu mano ou mesmo tu, Lara, ou na casa de vocês no povoado, vocês, os rapazes, ou Taddel, espiávamos o que ele fazia quando voltava a lhe ocorrer uma grande ideia. Bem mais tarde até mesmo Lena e Nana ficaram sabendo o que significava processar para ele: escrever um livro após o outro. E entrementes ainda outras coisas, quando ele não estava longe e fazia discursos e palestras, ora aqui, ora ali. Ou tinha que se defender, porque da direita ou da extrema-esquerda... Mas quando queríamos algo com ele, lá em cima, ele fazia de conta que ouvia, a cada um de nós. Até mesmo respondia bem direitinho. Mas dava para imaginar que ele estava apenas ouvindo o que ia por dentro dele, e sem parar. Ele chegou a me dizer, e com certeza disse a cada um de vocês, quando ainda eram pequenos: "Mais tarde vamos brincar, quando eu tiver tempo. Primeiro ainda preciso processar algo que não pode esperar..."

Motivo pelo qual ele mal se importava quando o pessoal do jornal voltava a atacá-lo...

... quase a cada vez que ele terminava um livro.

Ou ele fazia de conta que não se importava com isso. "Águas passadas", ele dizia.

Famoso ele continuou sendo mesmo assim, coisa que às vezes importunava, quando as pessoas na rua...

Podia até se tornar constrangedor, quando professores nos enchiam os ouvidos: "Nessa questão teu pai, coisa que aliás tu deverias saber, tem opinião completamente diferente..."

Na nossa casa, no povoado, ele inclusive foi insultado diretamente algumas vezes, não apenas por bêbados, mas também ao fazer compras na lojinha de Kröger, quando ele...

Em compensação, dizem que ainda gostam de verdade dele no exterior, inclusive na China...

E nossa Mariechen, quando a matilha voltava a atacá-lo, sempre de novo dizia "Vira-latas de merda! Deixa que fiquem latindo. Nós passaremos adiante."

Por isso ela sempre o ajudou com sua câmera.

Até o fim!

Ela fotografou até mesmo seus tocos de cigarro, mais tarde todos os cachimbos e seus cinzeiros cheios de palitos de fósforo queimados, uns sobre os outros, porque algo assim, era o que Jorsch e eu ouvimos, revela muito mais acerca de nosso pai do que ele próprio admite ou até mesmo quer ou pode saber de si mesmo.

Ele inclusive teve de tirar sua dentadura e arrumá-la sobre um prato para que ela a...

E ela se deitou de barriga para poder fotografar de bem perto com sua Agfa-Especial ou sua câmera baratinha...

Certa vez, em Brokdorf — antes de eles instalarem aquele monstrengo atômico por lá —, eu vi como ele andava descalço pela praia do Elba durante a maré baixa e ela fotografou seus rastros na areia. Passo após passo. A coisa foi bem doida.

E quando ele — penso que só por estar apaixonado — desenhou, mijando, o prenome de Camomila na areia, também isso resultou em alguns instantâneos.

Vamos! Bate uma foto, Mariechen!

Porque ela dependia dele ao extremo, não apenas financeiramente, mas também...

... e porque, por outro lado, nosso pai precisava da velha Marie. Sempre precisou.

Antes até da Camomila de vocês!

Possivelmente antes mesmo de nossa mãe, quando ele, por assim dizer, ainda vivia nas trilhas de caça, na selva da conquista...

É o que estou dizendo, mano. Mariechen pode até ter sido amante dele, no passado. Mas também, o que isso importa!

Mesmo pouco antes de morrer ela ainda era bem dedicada...

De qualquer modo, não foram poucas as vezes que ele disse: "O que eu faria sem a nossa Marie!", de forma que nós pensamos — eu pensava, pelo menos, Jorsch não tanto — que ele poderia bem ter alguma coisa com ela, em segredo. Mas nossa mãe nada percebeu disso, ou fazia de conta que não percebia, como mais tarde também a Camomila de vocês...

Ninguém mesmo vai poder exorcizar o que foi que aconteceu entre os dois...

Só estou dizendo que poderia. Pois quando um dia lhe perguntei, quando eu tinha mais de vinte vacas no estábulo de minha chácara ecológica e produzia meu queijo, que saía direto da chácara ou era vendido no mercado semanal de Göttingen, ele apenas disse: "Essa forma especial do amor, que corre à parte e não precisa de sexo parece provar que é a mais duradoura..."

E quando ele me visitou em Colônia, certa vez, talvez para examinar qual era a do curso que eu estava fazendo no WDR, tive de ouvir: "Entre todas as mulheres que amo ou continuo amando, Mariechen é a única que não quer nem mesmo um fiapinho de mim, mas dá tudo..."

Ora, mas muito obrigado! Foi mais uma vez o paxá que falou de dentro dele. Eu já disse: a Marie de vocês dependia dele ao extremo. Lamentavelmente, é preciso dizer. Ele abusou dela, mesmo que não tenha tido nada com ela de modo mais direto, quero dizer em termos físicos. Pois a mim ela confessou abertamente, quando precisei com muita urgência de fotos para o currículo que ia mandar às escolas de teatro: "Pro teu papá, Lena, eu faço tudo. Iria até mesmo fotografar o diabo em pessoa para ele, para que ele visse que até o diabo não passa de um ser humano." Aliás, foram fotos bem normais de currículo as que ela fez de mim.

Mas nisso eu tenho uma imagem completamente diferente da velha Marie: quando certa vez Camomila e meu papaizinho viajaram sei-lá-para-onde e ela mais uma vez teve de cuidar de Jasper, de Paulchen e de mim, ela me largou uma no café da manhã, pouco antes de o ônibus escolar chegar: "Tu és um carniça igualzinho ao senhor teu pai. Sempre apenas eu-eu-eu! E os outros que se virem."

Para mim ela sempre foi diferente. Quando meu Joggi ainda estava vivo, mas não se comportava, por exemplo, em termos de andar por aí no metrô, apenas estava velho e fraco, e já meio cego, a velha Marie me fez uma verdadeira confissão: "Pode acreditar, Lara, minha filha. O pai de vocês prometeu a meu Hans no leito de morte que cuidaria de mim, pouco importava o que acontecesse, mesmo que chovesse pedras."

Ah, tanta confusão! Não sei o que devo pensar. Todo mundo conta uma coisa diferente. Nós lamentavelmente convivemos muito pouco com a velha Marie de vocês, eu ao andar de carrossel, o que foi realmente muito bonito, quando nós ficamos, todos os três, bem juntinhos e voamos pelos ares... E mais tarde, quando ela nos fotografou em frente ao muro, que na época ainda não havia sido derrubado. Mas em princípio sempre desejei apenas que meu papá e eu... Não, prefiro não dizer mais nenhuma palavra sobre isso. Mas minha mãezinha, que acredita conhecer nosso papá, sempre achou que a velha Marie era para ele como uma espécie de mãe substituta, porque a mãe dele...

Completamente errado, o que vocês estão especulando aí. Para mim ela se limitou a dizer, com toda a clareza, quando estive com ela na câmara escura, acompanhando a revelação dos filmes: "O velho ganha o que quiser de mim, de sua Mariechen-Bata-uma-Foto-Aí. Mas amar, eu amo apenas o meu Hans, e continuo amando-o, mesmo que ele também tenha sido um escroto como todos os outros."

OK, OK! Por mim vocês podem continuar com essas tolices infantis... Mas lembrem que nós também temos filhos, toda uma tropa, inclusive. Só Lara tem cinco. Que eles contem como foi que tudo aconteceu quando Mariechen morreu. Ora, tudo o que ao final das contas correu em ordem ou acabou mal depois disso...

Com certeza ela teria dito várias vezes "ora, ora, ora" e "que choldraboldra!".

E eu digo: bobagem total o que vocês estão resmungando aí. Vocês não têm a menor ideia do que seja choldraboldra realmente.

No caso de Jorsch, por exemplo, tudo corre normalmente com sua mulher e as meninas...

Pelo menos é o que parece.

E no teu caso, Taddel, a mesma coisa.

Por toda parte quem manda são mulheres fortes.

Assim como no caso de Jasper. Com ele é uma mexicana que cuida para que tudo se mantenha na linha.

Exatamente como Camomila faz com o velho.

Os dois já têm 16 netos, se contarmos também a filha recém-nascida de Taddel. E se também Lena, quando fizer uma pausa no teatro, der o ar de sua graça, e talvez também Paulchen e Nana, então nossas crias mais tarde poderão nos chamar às falas, como, inclusive, Jasper já sugeriu...

Não! Melhor não...

Mas claro, todos misturados, assim como nós...

Só que nossos filhos não terão uma velha Marie para bater fotos com sua câmera, revelando quais são seus desejos mais secretos, ou o que foi e o que será, ou, como nosso papá sempre desejou, que todos nós nos reuníssemos, como agora, para gravar nossas conversas, sem poupar a nós mesmos nem sequer a ele...

Não é verdade! Já antes, quando ele estava em torno dos 70 e nós, os rapazes de fraque e camisa engomada e as moças em veludo e seda até os tornozelos, participamos de tudo em Estocolmo, ele desejou, o que nenhum de nós queria, que todos nós disséssemos o que bem entendêssemos sobre nossas recordações, com liberdade, sem fazer quaisquer considerações nem ter pruridos.

Mas nenhum de nós queria...

Mas comigo ele dançou, porque a banda no castelo tocou uns *dixies* bem esquisitos e eu...

... mas ele também dançou com Camomila...

... é verdade, um blues.

Ficamos surpresos em ver como os dois ainda...

Uma pena que Mariechen não pudesse estar presente.

É mesmo! Com a câmera dos desejos dela...

Querem apostar? Com certeza o resultado teria sido instantâneos doidos, com uma dança da morte bem macabra. Nós todos, viva, como esqueletos, e o esqueleto de Pat, claro, pulando na frente...

Eu gostaria de saber o que foi que aconteceu com todos os negativos e as milhares de ampliações que ela fez com a Agfa. Se penso em quantos rolos de filme de isocromo ela bateu primeiro na casa da Karlsbader Strasse, depois na Casa de Tijolos...

Acho que foram mais de mil...

Com nosso paizinho supostamente não ficou nada. Quando lhe perguntei, um dia: "Daria um álbum de família maravilhoso, não é verdade? Por exemplo, todas as fotos com meu Joggi, ele andando de metrô..."

... ou aquelas em que parecemos estar na Idade da Pedra, completamente desgrenhados, roendo ossos...

... ou aquelas em que Taddel está como grumete numa chalupa de caçar baleias, sobre o mar revolto...

... ou Jorsch com seu aviãozinho modelo sobre os telhados de Friedenau...

Mas então, por favor, também os belos instantâneos nos quais estou no carrossel entre meu papá e minha mãezinha...

Mas é claro, Nana! De todos, aquilo que desejarem ou aquilo que temeram.

Mas nesse caso também a série de fotos na qual nossa Marie registrou na igreja de Wewelsfleth o velho quadro com a maçã perfurada. E depois vimos nas ampliações que Paulchen era o rapaz ao qual o camponês Henning Wulf, porque um conde qualquer queria porque queria que assim fosse, teve de derrubar a maçã da cabeça com um disparo...

... e esse Henning Wulf, é claro, mais uma vez parecia com meu papaizinho e ainda tinha uma segunda seta para sua besta entre os lábios...

... e esta era destinada ao conde Sei-lá-o-quê, caso a primeira seta...

Deve ser uma cópia nórdica do Guilherme Tell, este, como era mesmo o nome dele?

Errado, mano! De um ponto de vista histórico, isso aconteceu bem antes do episódio suíço da maçã.

E o que foi que aconteceu com as fotos da ratazana e com a série na qual nossas mães estavam todas reunidas num barco, procurando Vineta a navegar pelo mar Báltico, e por fim se cobriram de joias, vestindo suas mais belas roupas...

Nosso paizinho só fez um gesto que manifestava recusa quando desejei um álbum de família: "O que podia ser utilizado de tudo isso eu já processei, e o mais rápido possível, pois depois de bem pouco tempo as ampliações ficavam mais e mais pálidas, porque os negativos sempre revelavam menos, até que nada mais restava — uma pena."

Ele se lamentava de verdade: "Bem que eu gostaria de ainda ter uma ou outra ampliação. Por exemplo, os instantâneos com os espantalhos mecânicos. Ou a série do cão, que ao final da guerra se encontra em fuga do leste para o oeste e corre e corre, sem parar. Seria bom ter algo assim no arquivo."

E quando eu o enchia de perguntas, só ouvia: "Tens de perguntar a Paulchen sobre isso. Foi ele que ficou enfiado na câmara escura até o final. Talvez Paulchen ainda tenha material que possa ser utilizado."

Pois então!

Já havia pensado em algo semelhante.

Também queremos saber se é verdade o que para nosso pai foi apenas suposição, ou seja, que Mariechen, de acordo com as necessidades, botava um vidrinho de seu pipi na bacia do revelador, porque só assim...

Vamos, Paulchen! Desembucha logo de uma vez...

E não nos venha com questões como segredo profissional...

Não sei de nada. Não tenho nada. Todos vocês estão enganados. E isso do mijo especial dela nem mesmo vocês acreditam. Só foi uma ideia que ocorreu ao pai de vocês, porque na Idade Média as bruxas... Um absurdo total. Usávamos um revelador dos mais normais na bacia. Nossa Marie fazia tudo sem qualquer truque ou trapaça. Mas o que restou de negativos do passado ela mesma destruiu. "Isso é coisa do diabo!", ela exclamou, e depois decidiu, foi num domingo, quando estávamos sozinhos, os dois, na Casa atrás do Dique, simplesmente jogar tudo que havia do passado, estou dizendo, todos os negativos, num balde, logo depois um palito de fósforo aceso em cima, uma labareda e tudo derreteu em meio ao fogo. Aconteceu exatamente um dia depois que foi decidido, porque Camomila queria que assim fosse, que nos mudaríamos para Hamburgo, para encontrar...

Enfim para longe daquele fim de mundo!

As coisas foram bem melhores para nós, estou me referindo ao tempo em que passamos a viver na Schwanenwik. Agora nos entendíamos com as coisas da escola, pelo menos eu, em comparação com os tempos de Wilster.

Mas Marie não conseguiu superar a mudança do povoado, ficou doente, parecia ter bulimia...

E quando, então, meu pai lamentavelmente ainda doou o velho Prebosteiro da Paróquia a alguma instituição cultural, a fim de que uns escritores pudessem bolar seus livros no sótão ou no belo quarto ladrilhado em amarelo e verde, quando tudo isso também foi perdido, a velha Marie de vocês não conseguiu se arranjar nessa situação para ela extremamente nova, e literalmente fugiu do povoado, de volta à cidade, onde passou a viver totalmente só no ateliê demasiado grande da Kudamm, até ficar mais doente, cada vez mais doente e por fim...

Foi realmente muito ruim, porque os rins dela...

Teve de ser levada ao hospital.

Logo Mariechen, que jamais ficou doente e se considerava "carne de pescoço"...

Mas Camomila providenciou para que ela recebesse um quarto individual.

Só que, como no hospital católico, no qual as freiras trabalhavam como enfermeiras, havia um crucifixo na parede acima de sua cama...

... a véia Marie teria jogado o crucifixo numa das freiras...

... porque esta, o que no fundo apenas podia ser considerado OK e até cuidadoso, queria a todo custo lavar seus pés...

Mas ela só atirou o crucifixo porque a freira teria lhe dito: "Ora, ora! Mas nós vamos querer nos apresentar de pés limpos diante do senhor Deus."

Só por isso é que ela entrou em parafuso, perdeu completamente o controle, arrancou o crucifixo da parede e quase acertou a cabeça da freira...

Típico de Mariechen!

Uma história doida, que ela contou ainda quentinha a Camomila no dia seguinte.

E então a véia Marie ainda teria dito: "Uma pena. Se eu pelo menos tivesse minha câmera comigo, essa escrota bancando a devota teria ficado nua como Deus a criou diante da minha lente para alguns instantâneos..."

E em seguida morreu, apenas alguns dias mais tarde.

... os pés ainda não lavados.

Está enterrada no cemitério florestal de Zehlendorf, junto com seu Hans, é lógico.

Ah, como tudo isso é triste...

Com que idade estava a nossa Mariechen, afinal de contas?

Ninguém sabia, nem mesmo papai, ao certo...

Ela podia ficar bem furiosa quando não gostava de alguma coisa ou um de vocês, me atrevo a dizer, ousava se comportar meio em termos de Taddel...

Mas, conforme Lena e eu ouvimos, teria morrido na mais completa paz...

... e não na enfermaria, e sim em sua própria cama...

Mesmo morta, ainda teria mantido seu aspecto de menina.

Lamentavelmente nenhum de nós esteve presente quando ela morreu, a pobre...

Nem mesmo nosso papá esteve.

Ela ficou completamente só...

Não, não, não! Foi bem diferente. Nem na cidade, nem diretamente no povoado. Aconteceu tudo no dique, e no meio de uma tempestade...

Pois bem, Paulchen, pode contar...

Eu estava presente, ora. Não parava de gritar: "Vamos voltar, Mariechen!" Mas ela seguia sempre adiante, em direção a Hollerwettern, até o dique do Elba. O céu estava completamente claro sobre a região do Marsch. A força do vento chegou a 10, talvez 12... Dessa vez soprou do leste, não do noroeste como de costume. "Agora chega, Mariechen!", eu gritei. Mas parecia que aquilo lhe dava prazer, correr em meio à tempestade. Ela corria bem inclinada contra o vento. Eu também, com certeza. Só a cadelinha não queria mais nos acompanhar. Até o lugar em que o dique do Stör encontra o dique do Elba, nós... Mas Paula já desapareceu antes disso. A maré estava alta. Mal havia navios no rio, no entanto, também porque era domingo. Como eu já disse, ela pouco antes jogara os negativos no balde...

Até disseste que houve uma labareda.

Mas ali, no dique do Elba, a tempestade estava ainda mais violenta, as rajadas de vento mais fortes. Embora a vista fosse clara para todos os lados e pelo Elba abaixo até Brokdorf, onde as gruas de construção já se encontravam prontas para erguer a merda da usina atômica, ora, ela já havia sido aprovada. Mais não havia para ver, porque agora vinha uma rajada após a outra. "Mariechen!", eu gritava. "Tu ainda vais voar por causa do vento!"... E então ela já estava voando. Simplesmente levantou voo. Deve ter sido uma rajada bem forte. E, leve como ela era, a rajada a levou, não, ela voou, subiu direto acima do dique, em linha reta, quase verticalmente, e continuava sendo apenas um risco, depois um ponto, até desaparecer, engolida pelo céu... É o que estou dizendo, o céu estava azul, completamente azul. Nenhuma nuvem. Limpo, limpinho, azul. E então, de repente, caiu algo. Caiu bem na frente dos meus pés. Sim, isso mesmo, caiu do céu bem na frente dos meus pés. Era a câmera dela, mais a correia para pendurá-la em torno do pescoço. Jazia ali, ora, como se tivesse caído do céu. E nada na máquina estragou na queda. Poderia até ter me acertado em cheio, do jeito que eu estava parado ali, sobre o dique, ainda olhando para cima, para o lugar em que nossa Mariechen ainda há pouco era um risco, depois um ponto, mas agora desaparecera, completamente...

Típico de Paulchen.

Tudo inventado!

Imaginação pura, pode crer.

Ou talvez sonhaste...

Mas é uma imagem bonita, ver a velha Marie de vocês simplesmente subir ao céu...

E depois a câmera ainda cai lá do alto...

Mas até que dá para imaginar como ela ascende ao céu em meio à tempestade...

Leve como uma pena do jeito que ela era.

Continua, Paulchen!

Não deixa que te distraiam.

Sim, por favor, Paulchen! O que veio em seguida?

No começo fiquei completamente bobo. Pensei: deves ter enlouquecido. Foi apenas um sonho. Mas então vi no chão não apenas a Agfa dela, não, também seus sapatos estavam ali, com as meias dentro, sobre o dique. Esqueci disso antes, que, quando ela levantou voo e eu gritei "Mariechen!", ela — que já estava voando — gritara "Mas de pés limpos!" De qualquer modo, vi como ela subiu descalça, para o alto, ficando cada vez menor. Foi assim. O que eu poderia fazer. Me abaixei, peguei os sapatos com as meias, juntei a câmera da Agfa, coloquei-a no pescoço e, agora com o vento às costas, voltei ao povoado, mas não pelo dique, e sim pela passagem, depois ao longo da estrada, diretamente à torre da igreja. E, uma vez que eu não sabia o que fazer — Taddel com certeza estava em algum lugar ocupado com sua namorada, Jasper já viajara aos Estados Unidos até seus mórmons e Camomila andava com o velho em Holstein, na campanha eleitoral —, fui até a Casa atrás do Dique, e logo para a câmara escura. Só queria ver se havia algo no rolo de filme que ela botara na máquina antes de partir, quando ainda me dissera: "Quero dar uma passadinha no dique, pegar um pouco de ar. A tempestade está tão bonita lá fora. Vens comigo, Paulchen?" Pois é. Então eu pude ver: o filme estava todo batido. Revelei-o como havia aprendido com ela. Primeiro pensei, devo estar louco ou fiz algo errado durante a revelação. Mariechen deve ter batido as fotos descalça, de cima para baixo, quando levantou voo. Oito instantâneos e todos bem nítidos. Do alto a baixo e cada vez mais do alto, de uma perspectiva completamente doida...

E? Conseguiste ver o povoado, o estaleiro?

O que eu vi foi o futuro. Tudo apenas água! Os diques, uma vez que estavam tomados pela água, não podiam mais ser vistos. Nada do estaleiro. Do povoado ainda dava para ver a ponta da torre da igreja. E em direção a Brokdorf ainda se destacava algo que parecia a parte superior de uma torre de resfriamento. De resto, apenas água, nenhum navio sobre ela, nadica de nada. Nem mesmo uma balsa sobre a qual algumas pessoas poderiam ter se salvado. Vocês ainda se lembram como estamos na série de fotos que Mariechen fez de nós, nas quais nós, todos os oito — sim, Lena e Nana, vocês também —, estamos sentados sobre uma balsa, completamente desgrenhados, roemos ossos gigantescos e chupamos espinhas de peixe, porque ela nos mandou à Idade da Pedra... Na época deve ter acontecido um dilúvio semelhante, ao qual sobrevivemos com um bocado de sorte. Dessa vez, no entanto, ninguém escapou. Ou todos — era a esperança — conseguiram sair a tempo, antes de a água subir e subir e — como até então só se conhecia da televisão — tomar conta dos diques, de modo que a região inteira do Marsch, não apenas o Wilstermarsch e o Krempermarsch, enchesse de água. Foi bem triste o que Mariechen ainda conseguiu fotografar antes do fim. Como chorei na câmara escura dela. Tive de chorar, ora, porque ela agora havia desaparecido, depois de sua assunção ao céu. Só os sapatos, as meias, que minha Paula farejou, ganindo baixinho em seguida, porque dera meia-volta pouco antes de Hollerwettern e agora não entendia o que estava acontecendo. Mas talvez eu também tenha chorado porque nos últimos instantâneos nosso futuro parecia tão triste: apenas água, água por toda parte. Depois ainda arrumei tudo na câmara escura, porque para Mariechen tudo tinha de ficar sempre em ordem. E piquei as fotografias, inclusive os negativos. Ela por certo teria feito a mesma coisa e murmurado "Tudo apenas coisa do diabo!". Mas não contei nada disso a ninguém, da assunção dela aos céus, ora, e das últimas fotos, nem mesmo a Camomila, até hoje. Pois no fundo não acredito que tudo acabe assim tão...

... talvez acabe ainda pior: sem água, com tudo secando, como numa estepe. Deserto, apenas deserto!

Ou nada disso é verdade. E Paulchen mais uma vez apenas sonhou.

Exatamente como no caso da assunção ao céu.

Mas o que se vê nos sonhos mesmo assim pode se tornar verdade...

Vocês são mesmo doidos por uma catástrofe.

... de modo que nós, se é que isso é possível, só em termos de Idade da Pedra ainda...

E onde está a câmera?

Vamos, pode ir dizendo, Paulchen, o que foi que aconteceu com a câmera de Mariechen?

E onde estão os sapatos?

Quem ficou com a câmera?

Tu, por acaso?

Taddel está se referindo ao que foi que aconteceu com as coisas de Mariechen depois que ela morreu...

... ou quem foi que herdou e o que herdou, quando ela — supondo que seja verdade — com a ajuda de uma forte rajada de vento, que nosso Paulchen pretende ter visto, simplesmente levantou voo, desaparecendo desde então...

... para ficar com seu Hans, no céu...

... ou no inferno!

Não lhe importaria um coquinho sequer. Contanto que fosse com seu Hans...

A Camomila de vocês diz: o que restou de Mariechen, em termos de herança eu quero dizer, o fisco teria dado um jeito de afanar, porque ela sempre se recusou a fazer algo como um testamento...

Portanto foi tudo pro brejo: a Leica, a Hasselblad, e todo o resto que ela possuía?

Mas pelo menos não a câmera da Agfa!

Que de qualquer modo não passava de sucata...

Vamos, Paulchen, diz para nós se tu...

Não tem problema se ela estiver contigo, até porque és fotógrafo de profissão, e com certeza...

É mesmo, realmente seria OK, se tu...

Não vou dizer nada. Ninguém vai acreditar mesmo.

Aposto que ele botou a câmera em segurança, quem sabe escondida em algum lugar no Brasil...

É verdade, Paulchen?

Com certeza querias fotografar os últimos índios com a câmera de Mariechen nas florestas tropicais, e o que ainda restou de árvores.

Vamos, onde é que ela está?

Isso mesmo, ora, onde?

Parem com isso de uma vez por todas.

Paulchen haverá de saber por que não diz palavra sobre...

Todos têm seus segredos.

Eu também não digo tudo a vocês.

Ninguém diz tudo.

E nosso paizinho menos ainda.

Além disso não houve mais novidades a contar da câmara escura, desde que não havia mais Mariechen nem câmera, e depois tudo se tornou enfadonho, e acontecia de um jeito bem normal.

Motivo pelo qual deveríamos botar um ponto final agora.

Ponto final!

Para mim com certeza, porque preciso ir, e bem logo, à clínica... Tenho plantão noturno como já o tive ontem. E ontem tivemos cinco partos, um mais complicado do que o outro. Só uma das mães era de nacionalidade alemã. As outras vinham de todas as partes do mundo... Aliás, pretendo fotografar os cinco bebês. É o que vou fazer a partir de agora, depois de cada parto... E inclusive com uma câmera que comprei há algum tempo no mercado de pulgas... Não foi nem barata, mas é parecida com a da velha Marie de vocês. Até está escrito Agfa nela. As mães com certeza ficarão alegres se eu fizer fotos de seus bebês... E vou fazê-las, porque isso é bom para a recordação, mas também como parteira, em termos profissionais, como diria Lara, e porque assim talvez se possa ver o que acontecerá com os bebês mais tarde, bem mais tarde...

Vamos, mano, desliga, se não a coisa não terminará nunca, nunca mesmo...

... porque nosso pai quererá sempre mais uma história...

... pois só ele, nunca nós...

Mas ele não tem mais nada a dizer. As crianças olham com severidade para os adultos. Elas apontam para ele com os dedos. A palavra é cassada ao pai. Em voz alta e fazendo eco, as filhas e os filhos dizem: "Isso são apenas fábulas, fábulas..."

"É verdade", ele diz, se opondo, "mas são de vocês, que eu fiz vocês contarem."

Trocar olhares rápidos. Meias frases mastigadas, engolidas: amor jurado, mas também censuras, que já há tempo estavam armazenadas. Já não querem mais que valha o que foi vivido em instantâneos. E já as crianças se chamam como se chamam de verdade. E já o pai se encolhe, quer evaporar, sublimar. E já a suspeita se levanta, sussurrante: ele, só ele herdara, sozinho, as coisas de Mariechen, e escondera a câmera — assim como todo o resto — consigo: para mais tarde, porque dentro dele ainda se manifesta algo que precisa ser processado, enquanto ele estiver aí...

Glossário

A FAMÍLIA SCHROFFENSTEIN — *Die Familie Schroffenstein*, no original. Peça de Heinrich von Kleist.

A RATAZANA — Referência ao romance *A ratazana*, no original *Die Rättin*. O romance foi traduzido no Brasil.

ABURRECIAM — *Langgeweilt*, no original.

AMIGO DOS DOIS... EM PRAGA — Referência a Vladimir Kafka, tradutor de *O tambor (de lata)* ao tcheco.

ANESTESIA LOCAL — *örtlich betäubt*, no original. O livro foi traduzido no Brasil.

BÁLSAMO, VALSA E MEL DE SALSA — *Balsam, Labsal und Honigseim*, no original.

BRAVO — Revista adolescente na Alemanha, traduzida em vários países, inclusive.

CÂMERA DA AGFA — Chamada simplesmente de "caixa" em alemão, ou *Box*, no original.

CARTAS BEM AFIADAS CONTRA A CONSTRUÇÃO DO MURO — Podem ser vistas na Göttinger Ausgabe das obras de Grass. Foram dirigidas a Anna Seghers, e, junto com Wolfdietrich Schnurre, à associação de escritores da Alemanha Oriental.

CHARNECA DAS LEBRES — *Hasenheide*, no original.

CHOLDRABOLDRA — *Kuddelmuddel*, no original.

EDDY AMSEL — Personagem do romance *Anos de cão*; narrador do primeiro livro. Autor da velha geração, ainda atuante na época da República de Weimar — junto com Walter Matern, seu amigo —, filho de um merceeiro judeu, gordalhufo.

ESSEPEDÊ — Ou seja, SPD, sigla do *Sozialdemokratische Partei Deutschlands* (Partido Social-Democrata da Alemanha); junto com o Cristão Democrata (CDU), é um dos dois partidos de massa na Alemanha hoje em dia.

ESTOCOLMO — Referência à entrega — e festa de entrega — do Prêmio Nobel de Literatura, em 1999.

FONTY — Personagem de *Um vasto campo*, inspirado no escritor Theodor Fontane.

FUCHSPASS — Traduzindo, teríamos, "Passagem das Raposas".

GATO E RATO — Katz und Maus, no original.

HEINTJE — Referência a Heintje Simons, cantor — estrela infantil — nascido na Holanda em 1955, ficou famoso na Alemanha no final da década de 1960 do século XX; também fez vários filmes.

KICKER — Revista alemã especializada em futebol.

KIRSCHWASSER — Literalmente, água de cereja, referindo a aguardente feita da mesma fruta.

KUM TAU MICK, KUM TAU MICK, IK BÜN SO ALLEEN... — Canção em baixo-alemão, muito dançada pelas crianças, que significa: "Vem comigo, vem comigo, eu estou tão só..."

LIVRO DA LESMA — Referência a *Diário de uma lesma*, no original *Tagebuch einer Schnecke*, resumido em largas pinceladas no trecho.

LIVRO DO CÃO — Ver LIVRO QUE FALA..., a seguir.

LIVRO QUE FALA DE CÃES E ESPANTALHOS — *Anos de cão*, ou *Hundejahre*, no original. O livro foi traduzido no Brasil.

LIVRO QUE TRATARIA DO MURO E DO VASTO CAMPO — Referência ao romance *Um vasto campo*, ou *Ein weites Feld*, no original. No Brasil o romance foi traduzido e publicado com o título de *Um campo vasto*.

MÃEZINHA ME DÁ UM CAVALINHO — *Mamatschi, schenk mir ein Pferdchen*, no original.

MARGARETE — Referência a Margarethe Amelung, uma das criadas mencionadas que trabalhou com a família Grass. Escreveu um livro chamado *Fünf Grass'sche Jahreszeiten* (Cinco estações grassianas), Verlag Langen/Müller, Munique, 2007.

MARIA RAMA — Mariechen foi inspirada nela. A Maria Rama real foi também uma inspiradora para Günter Grass e colaborou muito com ele, assim como Mariechen faz em relação ao pai do livro.

MARIECHEN-BATA-UMA-FOTO-AÍ — *Knipsmalmariechen*, no original.

MAX E MORITZ — Personagens infantis de Wilhelm Busch, que ao final das contas morreram, depois de serem passados num moedor — e não na passadeira — e transformados em ração de frango.

MEADOS DE OUTUBRO — Data importante, porque remete ao aniversário de Günter Grass, que nasceu, mais precisamente, em 16 de outubro de 1927.

MICHELANGELO — A viagem efetivamente aconteceu, e Grass viajou com Klaus Wagenbach e Anna Grass. O ocupante da cabine que teria sido reservada a Grass, e que quisera fotografar as ondas durante a viagem, foi abatido durante o incidente referido.

MÜLLER — Referência ao jogador da seleção alemã Gerd Müller.

NACKE — Nome do cavalo.

NETZER — Referência ao jogador da seleção alemã Günter Netzer.

NOME DA BONECA — Referência ao poema de Grass "Do cotidiano da boneca Nana" ("Aus dem Alltag der Puppe Nana").

O LINGUADO — Romance de Günter Grass. *Der Butt*, no original. Publicado no Brasil.

O TAMBOR (DE LATA) — *Die Blechtrommel*, no original, a primeira entre as grandes e mais conhecida das obras de Günter Grass.

O ÚLTIMO HOMEM — *Der letzte Mann*, no original, quadro a óleo de Hans Bohrdt, pintor que será referido mais tarde.

OITO BICAS, FAZ FAVOR — A frase está realmente em português, no original, com o número pluralizado: *Oitos bicas, faz favor.*

PARTOS DISPARATADOS DO CÉREBRO OU OS ALEMÃES ESTÃO EM EXTINÇÃO — *Kopfgeburten oder die Deutschen sterben aus*, no original.

PÁTIO DA PONTE — *Brückenhof*, no original.

PFLÜMLI, HIMBEERGEIST, MIRABELL, MOSELHEFE — Tudo nomes de bebidas típicas, feitas ora à base de ameixas (Pflümli), ora à base de framboesas (Himbeergeist, ou Espírito da Framboesa), ora à base de abrunho (Mirabell), ora de levedura do Mosela (Moselhefe).

PLEBEUS — Referência à peça *Os plebeus ensaiam a revolta*, no original *Die Plebejer proben den Aufstand*.

PLISCH E PLUM — Título de uma das histórias de Wilhelm Busch, que trata de dois cachorrinhos malcriados, que o velho Kaspar Schlich deverá afogar. Paul e Peter, dois garotos igualmente malcriados e briguentos, acabam salvando os cães e os levando consigo para casa.

PREBOSTADO DA PARÓQUIA — *Kirchspielvogtei*, no original. O preboste era uma espécie de prefeito, imposto pelos dinamarqueses que dominavam a região à época. Apesar de a paróquia ser uma divisão eclesial, o preboste era uma instância laica e civil que a governava.

PRINCEZINHA, A MAIS NOVA ENTRE AS FILHAS DO REI — *Königstochter jüngste*, no original. Da fábula *O rei sapo* (*Der Froschkönig oder eiserne Heinrich*), compilada e reescrita pelos irmãos Grimm.

RATHENAU — Referência a Walther Rathenau, político alemão assassinado em 24 de junho de 1922 em Grunewald, Berlim.

RIAS — Sigla de *Rundfunk im amerikanischen Sektor*. Rádio fundada pela ocupação americana em Berlim Ocidental após o final da Segunda Guerra Mundial.

RUDI RATLOS — Peça musical de Udo Lindenberg.

SCHEFFLER — Mais tarde se converteria ao catolicismo e se tornaria universalmente conhecido como o poeta barroco Angelus Silesius.

SFB — Sigla de *Sender Freies Berlin* (Emissora de Berlim Livre). Emissora oficial alemã do lado ocidental.

SPRINGER — Referência à família (mais especificamente a Axel Springer) detentora de um conglomerado de veículos de informação na Alemanha, entre os quais o jornal Bild.

ST. PAULI — Clube famoso, oriundo do bairro de mesmo nome, em Hamburgo.

TADDEL — É uma forma diminutiva do nome Thadäus. Todos os "filhos de Grass" têm suas falas marcadas por determinados aspectos identificativos, sobretudo no modo como se dirigem ao pai e à Marie.

TULLA — Referência a Tulla Pokriefke, personagem de *(Em) Passo de caranguejo*, mãe de Paul Pokriefke, narrador da obra, nascido em 30 de janeiro de 1945 no navio "Wilhelm Gustloff", que naufragava. Tulla também já aparece ao final de *Gato e rato*, como cobradora de bonde em Danzig.

UM POETA FAMOSO, UM INGLÊS — Referência a Shakespeare, que nasceu em 23 de abril de 1664.

UMA CLÍNICA NA FLORESTA NEGRA — *Schwarzwaldklinik*, no original. Série televisiva de grande sucesso.

UWE — Refere o conhecido escritor Uwe Johnson.

VÉIA MARIE — *Olle Marie*, conforme Taddel se refere à fotógrafa.

WDR — Sigla de *Westdeutscher Rundfunk*, emissora de radiofonia na Alemanha.

XÁ DA PÉRSIA — Visitou a Alemanha em 2 de junho de 1967. Durante os protestos, morreu o estudante Benno Ohnesorg.

ZIBÄRTLE — Bebida da região da Floresta Negra, feita à base de ameixas amarelas, que tem o mesmo nome no dialeto local.

ZWINGLI — Referência a Ulrich Zwingli, reformador suíço. Calvino levou sua herança adiante.

Sobre o tradutor

MARCELO BACKES é escritor, professor, tradutor e crítico literário. Mestre em literatura brasileira pela Universidade Federal do Rio Grande do Sul, doutorou-se aos 30 anos em Germanística e Romanística pela Universidade de Freiburg, na Alemanha, uma das mais tradicionais e antigas da Europa, a mesma em que Heidegger foi reitor.

Natural do interior de Campina das Missões, na hinterlândia gaúcha, Backes supervisionou a edição das obras de Karl Marx e Friedrich Engels pela Boitempo Editorial e colabora com diversos jornais e revistas no Brasil inteiro. Backes já conferenciou nas Universidades de Viena, de Hamburgo e de Freiburg, em Berlim, Frankfurt e Leipzig, no Rio de Janeiro, em São Paulo, Fortaleza e Porto Alegre, entre outras cidades, debatendo temas das literaturas alemã e brasileira, da crítica literária e da tradução.

Backes é autor de *A arte do combate* (Boitempo Editorial, 2003) — uma espécie de história da literatura alemã focalizada na briga, no debate, no acinte e na sátira literária —, prefaciou e organizou mais de duas dezenas de livros e traduziu, na maior parte das vezes em edições comentadas, cerca de 15 clássicos alemães, entre eles obras de Goethe, Schiller, Heine, Marx, Kafka, Arthur Schnitzler e Bertolt Brecht; ultimamente, vem se ocupando também da literatura alemã contemporânea, e de autores como Ingo Schulze, Juli Zeh e Saša Stanišić, entre outros, que ele não apenas traduz, mas inclusive apresenta a editoras brasileiras, e depois prefacia e comenta em ensaios e aulas.

Entre 2003 e 2005, Marcelo Backes foi professor na Albert-Ludwigs-Universität em Freiburg, onde lecionou teoria da tradução e literatura brasileira. Sua tese de doutorado, sobre o poeta alemão Heinrich Heine (*Lazarus über sich selbst: Heinrich Heine als Essayist in Versen*) foi publicada em 2004, na Alemanha. Em 2006, Backes publicou *Estilhaços* (Editora Record), uma coletânea de aforismos e epigramas, sua terceira obra individual e sua primeira aventura no âmbito da ficção. Em 2007 publicou o romance *maisquememória* (Editora Record), no qual adentra livremente o terreno antigo da narrativa de viagens, renovando-a com um tom picaresco de recorte ácido e vezo contemporâneo; o romance teve os direitos comprados pela Editora Mlada Fronta, da República Tcheca. Em 2010 a mesma Editora Record publicou seu romance *Três traidores e uns outros*, um romance em quatro episódios. Backes também já foi publicado na França (ensaio), na Alemanha (livro) e na Espanha (poema).

Desde 2011, organiza *As grandes obras de Arthur Schnitzler* para a Editora Record e, para a editora Civilização Brasileira, a coleção de clássicos *Fanfarrões, libertinas & outros heróis*. No mesmo ano de 2010, foi *translator in residence* da Academia Europeia de Tradutores, a representação diplomática da entidade, por três meses, e ganhou uma bolsa de escritor, também durante o ano de 2010, da Academia de Artes de Berlim, uma das casas mais importantes do mundo no gênero.

Este livro foi composto na tipologia Warnock
Pro Light, em corpo 11/15, e impresso em
papel off-white 80g/m^2 na Yangraf.